风起江南

陆春祥／主编

郑凌红————

著

红尘味道

文匯出版社

图书在版编目（CIP）数据

红尘味道／郑凌红著. —上海：文汇出版社，
2023.12
ISBN 978-7-5496-4172-7

Ⅰ.①红… Ⅱ.①郑… Ⅲ.①散文集-中国-当代
Ⅳ.①I267

中国国家版本馆 CIP 数据核字（2023）第 247691 号

红尘味道

著　　者／郑凌红
责任编辑／熊　勇　邱奕霖
装帧设计／书香力扬

出版发行／**文匯**出版社
　　　　　上海市威海路 755 号
　　　　　（邮政编码 200041）
经　　销／全国新华书店
印刷装订／四川科德彩色数码科技有限公司
版　　次／2024 年 2 月第 1 版
印　　次／2024 年 2 月第 1 次印刷
开　　本／880×1230　1/32
字　　数／171 千
印　　张／8.25

ISBN 978-7-5496-4172-7
定　　价／58.00 元

风起江南系列第三季总序

我们将整个世界视为自己的花园

陆春祥

1

这里是富春江畔、寨基山下的富春庄，地图上却没有。进大门，过照壁转弯，上三个台阶，两边各一个小花岛，以罗汉松为主人翁，佛甲草镶岛边，杂以月季、杜鹃、丁香、朱顶红、六月雪等，边上，就是一面数十平方的手模铜墙。

墙上方主标题为：我们将整个世界视为自己的花园。

小说家，诗人，散文家，报告文学作家，文学评论家，这些作家，有的已入耄耋，有的则刚过不惑，手模有大有小，按得有浅有深。经常有参观者这样对我说：看这位作家的手模，手指关节硬，粗大有力，应该是工人或者农民出身；看那位作家的手模，手指细小，浅纹单薄，应该是个没有劳动过的知识分子。我往往惊叹，谁说不是呢，手模不就是作家的人生嘛。五十五位作家的铜手模，在正午的阳光下，会发出耀眼的光芒，看模糊了，再看，那些手模，竟然纷繁如灿烂的花朵一样。

所有的优秀写作者，不都是将整个世界视为自己的花园吗？

话说回来，既然是花园了，那还不得草木茂盛？

现在富春庄，建筑面积一千多平方，花园也有一千多平方。植物是花园的主角。它们就像挤挤挨挨的人群，只是默默无语罢了。除前面提到的一些外，还有山茶花、红花继木、榔榆、海棠、红梅、鸡爪槭、枸骨、竹子、青艾、芍药、六道木、菖蒲等。比如我住的A幢旁边计有：海桐、枸骨等灌木，月季花，杜鹃，墙角的溲疏、绣球花、萱草，一棵大杨梅树，萼距花，菊花，迷迭香，南天竹，石竹，黄金菊，水鬼蕉，朱蕉等，林林总总，竟然有百余种。如果有时间，真的很想写一本《富春庄植物志》，我眼中，它们都是山野的孩子。

春夏季节，草木们似乎都在比赛，赛它们的各种身姿。那些花们，熬过秋冬，在春天争艳的劲头，绝对超过小姑娘们春天赛美时与别人的暗中较劲，而四季常青的雪松、冬青、枸骨们，则显得极为冷静，它们就如村中那些见惯世面的长者，默默地看着身边的幼稚，时而会抚须微笑一下。时光慢慢入秋，前院后院那些鸡爪槭，我叫它们枫树，则逐渐显现出它们无限的秋意，细碎的红，犹如一把把大伞撑开，那些春季里曾开出过傲慢花朵的低矮植物，此时都被完全遮蔽。其实，鸡爪槭们春天绽放出铜钱般的细叶，也令我无限欢喜。

无论是花的热烈、浓香，抑或是树的成熟、伟岸，草木们其实都寂然无声，有时经过树下，一张叶子会轻轻搭上你的肩头，那也是悄无声息的。不过，我眼中，每一种植物，都有蓬勃与盎然的生命，它们既是我的陪伴者，也是我的观察对象，我知道，它们都有独特的生命演化史，也有自己的生存与交流语言，虽非常隐晦，或许人类根本观察不到，我却认为一定是意味深长的。

淳熙十一年秋，退休后的陆游在家乡山阴满地跑，那些与他相视而笑的植物，不少被他收入诗囊中。比如《剑南诗稿》卷十六的《山园草木四绝句》，紫薇（钟鼓楼前官样花，谁令流落到天涯），黄蜀葵（开时闲淡敛时愁），拒霜（木芙蓉，何事独蒙青女力，墙头催放数苞红），蓼花（数枝红蓼醉清秋）。一路行，一路观，借植物既抒感情，也言志向，信手拈来。

今日清晨，经过小门边，忽然发现，围墙上的月季太张扬了，花朵怒放，铺天盖地，想霸占周围的一切领地，立即戴上手套，收拾它一下，我只是想让被遮盖的绣球花们，呼吸顺畅一些。我希望庄里的植物们，与天与地与伙伴，都能默契，共生共长。

2

我们将整个世界视为自己的花园。

这个标题中有三个关键词。

"我们"。是主角，是观察的人，是写文章的人，但仅仅是我们吗？

"我们"还是"他们""你们"。"他们""你们"，是没写文章的绝大多数，是阅读者，是倾听者，是家人，是朋友，"他们""你们"构成了这个社会的主体,而"我们",只是极少数表达者。

"我们"还是"它们"。"它们",是动物,天上飞的,地上跑的,水中游的,脊椎,无脊椎,形形色色;是植物,有种子的,无种子的,种子有果皮包被的,无果皮包被的,有茎叶,无茎叶,一片子叶,两片子叶,有根的,无根的,琳琅满目。"它们"以自己的方式交流、对话、思考,"我们"观察"它们","它们"也同样与"我们"对视。"我们"与"它们"同属一个星球,同享一个太阳,共照一个月亮,"我们"与"它们",其实在同一现场。1789 年,英国博物学家吉尔伯特·怀特在《塞尔彭自然史》中这样说:鸟类的语言非常古老,而且,就像其他古老的说话方式一样,也非常隐晦。言辞不多,却意味深长。

"整个世界"。是重要的辅助,是"我们"的观察对象。世界之大,无奇不有,写作者要寻找的就是这个"奇"字,"奇"乃不一样,奇特,奇异,怪异。奇人,奇事,奇景,总能让"我们"兴奋,激动,灵感爆发。

这个世界说大也大,说小也小,千般万化,"奇"也复杂,那些表面的"奇",一般的人也能观察到,但优秀的探索者,往往能将十几层的掩盖掀翻,从而发现自己独特的"奇"。不奇处生奇,无奇处有奇,方是好奇、佳奇。

"自己的花园"。有花就会有园,你的,我的,他的,关键是"自己的"。一般的写作者,很难形成自己的花园,东一榔头西一棒,学样,跟风,别人家的花长得好,自己也去弄一盆,结果,东一盆,西一盆,南一盆,北一盆,表面看是花团锦簇,细细瞧却良莠不齐。

其实，植物的每一种生动，都有着各自别样的原因，个中甘苦，只有种植人自己知道。

契诃夫说世界上有大狗小狗，它们都用上帝赋予自己的声音叫唤。那么，"我们"，面对"整个世界"，就照着自己的内心写吧，脚踏实地去写，旁若无人地写，春种一粒粟，秋收万颗子，直到"自己的花园"鲜花怒放。

3

风再起江南，这个系列的第三季，又朵朵花开。

这数十位"我们"，皆将整个世界视为自己的花园。

"我们"是，王楚健、桑洛、林娜、陆咏梅、郑凌红、陆立群、陈羽茜、张梓蘅、张林忠、黄新亮、金坤发、金凤琴。

王楚健的《墨庄问素》，肆意行走，勉力挖掘，与山水互为知音，将草木与风景赋予精魂和魅力，并与深厚的人文精神相交融，写人，写事，写物，均古今勾连，字里行间蕴聚了灵性与内涵，文章蓬勃生动，气象万千。

桑洛《一院子的时光》《总有一缕阳光温暖你》，他一直在追逐着光，他的足迹遍及浙江大地、中国大地，甚至世界大地。人满世界飘，内心却沉静，文字也随之简洁、句式简短，散散的，疏疏的，干净朴素，思维随时跃动毫无拘束，行走时不断碰撞出的火花也不时闪现，思想的芦苇，时而摇曳。

林娜的《醉瑞安》，是一个游子的近乡情怯，亦是一个游子的乡愁总爆发，故乡的人事，故乡的风物，故乡的山水路桥，故乡的角角落落，故乡的任何一处，都会将她的激情点燃，继而汹涌澎湃。故乡即旷野，她在旷野上矫健奔跑。

陆咏梅的《今夜月色朦胧》，在深夜，细数家乡的菜园子，一页一页翻寻，一帧一帧浏览，幸而，已镌刻在心灵的图籍上。漂泊异乡的游子，能做的，就是翻寻昨日残存的记忆，刻下一个历史的模子，留给孩子。然后，修筑心灵的东篱，让童年的骊歌落下。

郑凌红的《红尘味道》，食物的讲义经久不散，不同的食物，就像人生的一面面镜子。青蛳的气质，可以作为清廉的美食代言人。它在岁月的历练与淘洗中，成了家乡味道的外溢，糅合了岁月和人间烟火的智慧，构成与天下食客人生轨迹交融的一部分。

陆立群的《不惑之光》，在一路的冥想中，走过了孩提、少年、青年、中年，所失与所得，都交还给了时间。记忆与现实，皆需要用脚步去抵达。人生的意义，是各自按审美织就的波斯地毯，季节会带来新的风景。只有那些剩余的梧桐，有着最深的记忆，时而繁盛，时而萧索。

陈羽茜的《壹见》，读小说，读诗歌，读散文，观影剧，看评论，作者博览群书，徜徉在文学的海洋中，肆意吸吮，天上地下，古今中外，人事物事，林林总总，就如一只辛勤的蜜蜂，繁采百花，进而酿出属于自己的蜜。大地上的炊烟，弥漫着经久不息的诗情。

张梓蘅的《无夏之年》，多棱镜般的世界，驳杂的人生，眼花缭乱的影像，羞涩的行走，温暖的过往，少年用她纯净而清澈的双眼观察社会、人生及她所遇到的一切，她在阅读中寻找自己的快乐，她在表达中呈现稚嫩中的成熟，优美与识见如旭日般升起。

张林忠的《杭州唯有金农好》，作者横跨书法、评论、作家三界，将"扬州八怪"核心人物金农作了多角度全方位的探索。金农的人生、学问、艺术根基，寻求仕途的渴望，终无所遇，却在另一个王国里创造了自己的辉煌。一个立体的金农，栩栩如生地伫立在我们眼前。

黄新亮《心中的放马洲》，故乡的风物与山水，一物一事，一草一木，皆心心念念。领悟百味人生，玩赏沿途风景，畅游浩繁书海，质朴的表达，真挚的感情。在大地上不断寻找，于细微处探微求知，白云悠悠，满山青翠，富春江正碧波荡漾，春正好！

金坤发的《会站立的水》，在不经意的小小遭遇里，水并不单是谦虚的化身，它还充满着神奇与积极向上的进取精神。只有当它融入另一种生命，它才能让万物苏醒，让垂危的生命出现转机。它在每个生命背后都默默地站立与护佑，世界因此处处万紫千红，生机勃勃。

金凤琴的《唱给春风听》，酸甜苦辣，喜怒忧恐，像极了音乐中的七个音阶，生活中的零零碎碎丝丝缕缕，其实是可以谱成一首首声情悦耳小曲的。所有过往，皆为序章，时光，情愫，心态，温馨的，忧伤的，细细的，淡淡的，一曲一曲，都悠悠地唱给春风听。

4

　　画作永远没有风景精彩，无论多么优秀的作家，都做不到百分百还原繁杂多姿的生活，写作就是一场漫长的修行。我们将整个世界视为自己的花园，梅花三万树，园中春深九里花。

癸卯腊月十八

富春庄

　　（序者为中国散文学会副会长、浙江省散文学会会长、鲁迅文学奖得主）

目 录
Contents

▽
▽
▽

chapter

01

▼

甲卷

十里春风

红尘味道 *Hong Chen Wei Dao*

青蛳藏深山

有些食物，你说不出哪里好，但就是谁也代替不了。这就是食物的特质，像一个人，是能从人山人海里一眼看出的那种，惊喜又神奇。

比如，开化青蛳就配得上这样的情境。每一颗青蛳都是山水的馈赠，它们选择主人的方式很挑剔，不是一般的山水就愿意停下来生儿育女。

开化青蛳也是螺蛳的一种，只是它比较特别，出了开化就不好找。要有很好的水质，才会产生颜色、体形、水域、口味的不同。长在清水里，外壳墨绿，体形细长，所以它的全名叫清水螺蛳，开化人钟情于它的"青绿"，认为这是青山绿水的恩赐，便唤作"青蛳"。当然，民间或许有更土的寓意。比方说它肚子里面吐出的"绿尾巴"，除了有清凉的味道，更是直觉上的最好的美味之色。

青蛳是平民美食，只要你亲近它，就会觉得它是那般亲切。从记事起，无论是亲戚朋友还是左邻右舍，清明粿刚下肚没几天，就想着集体去捡青蛳。人多了热闹，一边唠嗑，一边动手，简单的重复变得更有意义。那时候的夏天好像特别长，但谁也不怕热。饭后睡个把小时，起来后竹椅上靠一会儿，然后去冲个冷水脸，脱掉长裤，换上裤衩，提起塑料水桶，戴上麦秆草帽，提个小水壶或小水杯，就浩浩荡荡出发了。捡青蛳的队伍里以妇女为主，当然也有小孩和男人。小孩是跟屁虫，多半是打着旗号去游泳。说是游泳其实是玩水，从太阳当头到太阳下山，不亦乐乎。各家各户的父辈不放心，往往充当"监工"和"护卫"，这也是女人们发出的指令，不得不听。

青蛳在浅水里被看上的频率高低，和难度有关。难度太大，赶赴的人就会少一些。浅水的深度在一米左右，溪水清澈，水流平缓，大小石头交叠。大石头成块，水流经表面，上有水草及浅浅的青苔，下有虾米螃蟹穿梭蛰伏。小鹅卵石密密麻麻，在阳光的直射下，低头看去，水底是明晃晃的黄，如琥珀，如流金，斑斓而耀眼。它们悠悠地贴合于石块与清水之间，躲在石头下面或石头缝隙里，自由吐纳，气定神闲。被拾捡，成就的是一场人间美味，被搁下，留下的是一段清凉等待。当然，最好的青蛳藏在最深的山里。深谷幽涧，是资深食客青睐的场所。他们懂得在夜间出没，跟上青蛳随气温下降而倾巢出动的习性。自制的防水面罩，用牙齿咬住，清水下的世界，一目了然，一个个被收入网内，装入袋中、掉进桶里，是无法言语的满足感。

把青蛳带回家，就把人间烟火留在了开化人的记忆最深处。养在水桶里，滴上几滴菜籽油，等一晚。第二天，从青蛳尾巴的第二圈螺纹处剪掉一点，塞干柴，热大锅，保热火，倒入菜籽油。估摸六七成油温，加生姜大蒜，倒入青蛳，加清水，以覆盖锅底内圈三分之一处为最佳。然后倒入料酒，加少许白糖、盐、鸡精，加生抽、青红椒、葱段等，最后加上从菜园子新摘的紫苏碎段，以灵魂 CP 的深情拥抱收摊。

　　青蛳装盘，如盘中明珠，紫色、红色、墨绿、青黄，色如夏花，鲜香扑鼻。那会儿，吸青蛳还是个技术活，青蛳不同于普通的螺蛳，食之有别。螺蛳肉厚，青蛳肉细，没有泥土味，肉质也更鲜美。灰绿色的鲜肉，微苦口感，滑润有余，劲道绵长。那时候，农家吃青蛳可不比城里人吃田螺讲究，用不上筷子，用的是缝纫针或竹签。因为青蛳细长屁股小，需要用特制的"餐具"将它完整地呈现出来，吸入口中，经由喉咙抵达胃的最深处。可是，它又是那么不容易果腹，就像嗑瓜子一样，越吃越停不下来。吸一口，挑一口。挑一口，再吸一口。时不时蘸一点碗里的汤汁，又有了全新的美味。螺肉的紧致和郁香的四溢包容在一起，夕阳西下，暑热退去，院内小坐，搬出长短凳椅，各自在各自的领地里摆上一盘，轻吮闲聊，配土酒的配土酒，配啤酒的配啤酒，配花生米的配花生米，配稀饭的配稀饭，档次再高点的，配个小龙虾，凡此种种，掀起的是放不下的集体心跳。原来，开化青蛳想证明的是：它不是打打牙祭，而是一道正经的菜，要慢慢吃，慢慢吸，慢慢咀嚼，慢慢回味，才更有味道。大一点的田螺却没有这个待遇，就好比一个女人，她越长得漂亮，越容易有她的小脾气。你要想亲近她，如果没有强大的自信和能力，那就只能迁就。泥田沟渠和溪涧清水的不同，就好比一个素面朝天，一个淡妆浓抹，呈现出来的自是不同。只是，青蛳是实实在在地出身高贵，但没有大小姐脾气，秉性依然温婉，可谓清水出芙蓉，天然易近人。

开化青蛳，是开化人追求心清气正的精神图腾。清凉的是寻找的过程，体验的过程，也是不慌不忙做成一道美味的过程。当清凉入胃，你才知道，好像夏天一到，开化人的舌尖，仿佛只此"青绿"。

青蛳的气质，我觉得可以作为清廉的美食代言人。它在岁月的历练与淘洗中，成了家乡味道的外溢，构成与天下食客人生轨迹交融的一部分。

马金豆腐干

中国豆腐天下第一。这话谁说的,我忘了。反正是个名人,有文化的人。这话我服,估计全世界没有哪一个国家会像我们这么喜欢吃豆腐,豆腐的花样会延伸出这么多。

家乡在钱江源头,浙江开化。那里有个千年古镇叫马金,她最高贵的气质是人文底蕴,最诱人的标签是豆腐干。记事起,每天清早天空就会飘来五个字:卖豆腐干咧……纯正的乡音一波又一波冲击我的耳朵,让我躺在床上心神不宁,直到母亲把早饭做好。那么多年的习惯,吆喝声里听出的不光是性别和年龄,是熟人和陌生人,还能听出卖家当时的心情和豆腐干卖得怎么样了。我怀念那样的场景,那样的一种感觉,说不清,道不明,却如泉水润心,自得其乐,心满意足。

对豆腐干的痴迷和父母亲有关,以母亲尤甚。我能想象当年的母亲,一听到卖豆腐干后,那种雀跃的心情和热烈的反应。首先是大声地应和:来了,我要买。随后是赶紧穿好衣服,起身开门,冲到装豆腐干的竹篮子面前,一边和卖家唠嗑,一边左看看又翻翻,摸摸口袋，抖抖硬币，本只想买两块的，听得卖家又说：这豆腐干多好啊，多买几块放在家里又不坏。又忍不住来上两块。她买的豆腐干有两种，一种是外表金黄，白色打底，形如小砖块，长条，厚度4厘米左右，闻之有豆花盛碗之香，这是马金豆腐干的大众版、家常版，众口可调，老少皆宜，妇孺皆爱。另一种是外表灰黑，四边包灰，内中为白，闻之若皮蛋味，厚度2厘米左右，受众相对较小，但喜爱之人则是爱不释手，越闻越香，可洗净即食，它有一个特别的名称：藏制豆腐干，是豪华版的零食和小酌"神配"。

我是两者皆爱。藏制豆腐干隔三岔五用个塑料袋包着，带到学校里，藏在书包里，当零食。普通的黄色的豆腐干则是点着名，叫母亲变着法送到餐桌上，送到胃里，暖到心里。早饭，豆腐干切成小段的长方形，如小拇指的一半，用咸菜，加青椒切细碎，爆炒。中饭，叫母亲从老家的木屋梁子上挑下腊肉，取火腿，截大段，切薄而宽片，用自家种的尖辣青椒作伴，辅以蒜苗，偶加自制酱料，爆炒，暗红配青绿，酱香浮动，味蕾无求。想起那些年青椒腊肉的美味，如同昨日重现。父亲背着锄头，拎着水桶，矫健的身子往屋后走，二百多米直线距离的菜园地，三十见方的天地，两侧四五十株成排的辣椒苗，在呵护备至下成了最默默无言的爱。

好的豆腐干，它一生的经历必然是丰富的、走心的。高山大豆被农人悉心捡挑，留下圆润饱满又耀眼的黄，山泉水浸泡近十个小时，洗去凹凸干瘪，用石磨磨浆。石磨一圈一圈地磨出，保证了它的鲜嫩。伴随手作的温度和情感的厚度，烧浆，土法加菜油增口感，用不老不嫩的经验掌握火候，加"豆腐醋"，结"豆腐花"，入橘皮、点芝麻、添辣椒末、压榨、晾干、撒盐、切块、盖棕榈叶、烘烤，道道工序，层层推进，浑然天成。

　　对于马金人来说，宁可食无肉，不可食无豆腐干。豆腐赛肉香，有了豆腐干，一日三餐就不慌。豆腐干的妙在于它的包容性，普通的豆腐干烘烤后就飞入了寻常百姓家，色泽金黄，内里白嫩，与各种食材皆能汇合成一席珍馐，可为素调，可起荤舞。煎烤烹炸，炖煮烧熘，应付自如。而藏制豆腐干因为加了神秘的储藏器，而变得更具吸引力。用汤瓶作为容器，躲进阴暗却干燥的微观世界，放入箬叶灰、芝麻等制成的灰，加上用香油炒制后的食盐等，在光阴的眷顾下，夏天两夜，冬天五晚，即可从瓶中"出关"。它不用再和火打招呼，再和铁锅相遇，和油盐酱醋深情相拥，便能独占鳌头，惹人垂涎。洗净、切片、装盘，小碟蘸酱油或醋，便可得一方天地，享舌尖之乐。

　　它咬起来有嚼头，带劲，一口下去，口腔鼻腔完全弃械投降，连陈晓卿也直呼欲罢不能。陈晓卿是吃货啊，有文化，性格爽，他这一吆喝，网络上都多了好多关于马金的内容。我曾在接受电视台采访时说了一句推广语：无豆腐，不马金。试想，如果谁想去验证的话，一日三餐内，至少没有哪家哪户的马金人不吃马金豆腐干的。吃得多一点的是普通的白豆腐干，奢侈一点的吃法是藏制豆腐干，颜色更特别，口味更有想象力。

　　难怪有人说，早在宋淳熙二年（1175）"鹅湖之会"后，朱熹就应马金乡贤之邀，偕夫人胡氏到"听雨轩"讲学，其中的茶点便是马金豆腐干。虽未可考，但马金豆腐干的味道确是与众不同，每每被远人称道。早年所传的"北京天津，不如马金"，虽为戏言，但毕竟是基于对马金美食的评价，而马金豆腐干则是一马当先的功臣。

这些年，一路行走，豆腐的印记始终记挂心头。火车上的苏州小豆腐干，黄鹤楼边的臭豆腐，屯溪老街的霉豆腐，宁波鼓楼的百页结烧肉，湖州丁莲芳的千张包，福建龙岩的长汀豆腐干，扬州东关街上的"文思和尚豆腐"……虽口齿生香，伴我旅程，却不及家乡的豆腐干来得给力，有味，悠长。单就与它的交情来说，几乎每隔一周，自己的馋虫就会上来，忍不住打电话给熟悉的人，叫他帮我寄点豆腐干来，然后明明白白、开开心心地付出钱去。因为，口口相传的人多了，加上自己送出的一些豆腐干，让我认为的最好的马金豆腐干得到了更大的传播。它不需要刻意证明什么，有多硬，有多脆，有多弹性，又有多少的朴素之心在里面，让一片豆腐干就能拥抱味蕾的春色，让味蕾与之共舞，性感主动。

知识是用来分享的，美食也是用来分享的。独乐乐不如众乐乐。我想，马金豆腐干最大的底气就是，再挑剔的人也会爱上它。

好吃有三层

　　人生苦短，吃好喝好也很重要。吃有吃的讲究，喝有喝的讲究。中国地大物博，这么多的菜系，那么多的分支，就像唐僧师徒进了女儿国，挑花眼，看花眼，嘴巴不知道如何下去。

　　对一种食物的眷恋，可以有很长的周期。都说开化菜是"中国第九大菜系"，它兼有江西菜、福建菜、安徽菜、浙江菜的主要特点，却又自成一派。桐村"三层楼"，就是闽菜支系与当地文化结合的产物，糅合了岁月和人间烟火的智慧。

　　闽菜，原先最初的感觉是清新。一如如今福建自身的宣传口号：福往福来，清新福建。清新是自然的，因为靠海，多水岸线，风景怡人，海物众多。后来的感觉是精致，在厦门吃过的海鲜面，在福州吃过的佛跳墙，都超过了我原先关于福建美食的想当然。当然，食物也会随着人转化。迁居到我们浙江，定居开化的福建人在岁月的递进中，口味上自然有了一些微妙的变化。我在品尝过本地有口碑、桐村原产地有故事的"三层楼"里，确切地看到了闽南人的文化丝路。三层楼，是海上丝绸之路，以美食的名义蹚过岁月的河流而来，每一次的制作，每一回的舌尖缱绻，都是它的路。就像桐村也是一片红色土壤，是方志敏等老一辈革命家创建的红色军团和中共开化特区委的重要活动区域，红色与绿色演绎了诸多故事。竹海片片，风声连连，馋意浓浓藏在山水间。三层楼就是美食的多巴胺，色彩有层次，会勾起食客的好奇心。

　　执念于做一件事，便会想着怎么样找到它更好的状态，对美食的追寻也是一样。壬寅年夏，我提前两个多月，就加了当地一家有名的饭馆老板的微信，想着能去一回，看看"三层楼"是怎么烧的，美味的诀窍又在哪里。没想到，一拖就从春末拖到了盛夏。真要成行，并非难事。有朋友在镇上工作，那日提前约好了时间，告诉他，带上我和另一个朋友，两个人，去桐村转转，目的很明确，主要是为了吃。如果能写一篇文章出来，那就更好。

　　时光如梦，离城不过几十里，这个被誉为"桐花小镇"的地方，我竟也两年多未临，从辛丑年到癸卯年，恍如隔世。其原因是多方面的，一来开车的技术太差，乡下路弯曲折绕，加上方向感不强，主观探路寻路上路的意愿不强；二来，本地的很多乡镇多半去过，没有特别的事情还是喜欢蛰居，周末陪陪娃儿，看看书，看看父母，让一个人尽力活成一个人的模样，时间便像干枯的树枝，不忍心再用，担心一用就折断，担心用了就着了火化为灰烬，就打消了出行的念头。

　　都说好的风景在远方，对我而言，很多美食却在不远方，就在家乡。当然，真要寻到一种菜的顶尖烹饪大师，实属不易。这里所说的顶尖，指的是口口相传，或是掺杂了我个人情感成分的，觉得很不错的美食制作者。一个叫"竹海人家"的地方，是我们此行的停车、吃饭处。老板是本地人，他知道我是奔"三层楼"而来。关于这道菜的一些故事，此前已听说，我更关注的是这道菜的层次感。这既是空间上的三层，也是体验上的三个层次。底层用萝卜干或笋干，而萝卜干更为饕餮客青睐，像是铺上了黄白相间的打底衫，中间是粉丝，最上一层是猪肝或是肉片，并随意添点辣椒、葱蒜点缀。这样的混搭也很让人垂涎，和开化其他乡镇的美食大有不同。每一层的点缀类似烧索面的"铺头"，有了它们中转，歇了脚，又增添了接着吃的动力，贪吃的心更不容易放下。

　　萝卜干开胃，片片成摊，受力面积较大，在最底下接纳汤汤水水的渗透，具有包容性，像金庸小说里的北乔峰，于众人不经意之际将打狗棒舞得神哭鬼泣，又将一坛酒往众人的心口倒灌。你看那粉丝，滑嫩筋道，黄中偏黑，它的真身是番薯，虽土里土气，然口感奇佳，穿插在中间，有一种"忽如一夜春风来"的新鲜感，"Q弹Q弹"。最上面一层多用猪肝，卤切成刀斧状，观之强悍中直，咬之硬中带软，口口嫩脆，上下起伏之间，爽气从舌尖通往鼻尖，继而转为心头之悦，引人入胜，只可意会，全然忘记分享。

　　如今的三层楼，像山居拔地而起的新房，品质有了新的内涵。随着物质的丰润，食物的多元化追求，在每一层的配菜上都加入了新的成员，河虾鱼蛋，皆可入盘。利索的老板，在烟火人间，步履匆匆，手掌乾坤，无数次用闽味方言"夹麦"，连接食客、友人、亲朋的味蕾，告诉人们所谓吃饭，好吃的还是在菜上。菜里有萝卜干的"厚德载物"，有粉丝的"滑而不腻"，也有猪肝的"刚柔并济"。

食物的讲义经久不散，道理亦可寻。不同的食物，就像人生的一面面镜子。镜子里有回忆，有乡愁，有思念，有不舍，而桐村"三层楼"，是挑战未知，人生的每个阶段都有新的期待。

清水鱼，游何田

夜深，看一本书。书的尾页，说到了陈世旭微信里给朋友的打油诗，其中"马嘶晓晓车辚辚，争先恐后起红尘。江山风月无常主，有闲便是福中人"。我的读后感和他的圈友相近，一个人自主的程度决定了幸福感。只是，过程很艰辛，需要多么痛的领悟。天气预报说，明天依然有雨，我轻轻地去洗漱，贴上面膜，争取把自己整得开心点，因为成年人的世界，其实本没有开心和不开心一说。开心的事其实没有，不开心的事，其实也没有。想开了，便是一种人间有味是清欢的境界。清欢无须张扬，自己知道就好。

恍然入梦，次日已是周末。有点偷得时光的微喜。窗外是江南的微雨落在熟悉的世界，想着有一处的鱼定然飘着香。突然间，想吃鱼了。

清水鱼是脑子里闪现的第一道光。目的地，便是何田。这个北纬30度的山乡，躺在钱江源头北部，除了有满目的青山绿水，也有交织错落的鱼塘，那可是鱼儿最好的栖息地。本地的吃货对乡里的小饭店和民宿都很熟络，号码常备，电话长打，鱼鲜常入梦。

　　往县城出发,走205国道,沿着机耕路向前,弯弯曲曲,诗意的画面"江南可采莲,莲叶何田田"便逐渐被打开,被印证。这是记忆中的路,曾经无数次飞奔而去,和熟悉的人,也和陌生的人。这是崭新的路,不经意的点滴变化是低吟浅唱的自豪感和对一条有文化的鱼的认同感,勾起了每一段旧时光和如鱼鳞闪闪发光的新当下。村与村之间,有地势的高低变化,映衬着胃里翻腾的江湖。都说水至清则无鱼,可是在何田这方宝地,水至清则鱼极鲜。鲜,自然有它鲜的道理。

　　安静的村子里,多为老人和妇女。当你开始寻找鱼,或打开鱼的话题时,周边就仿佛热闹了起来。鱼塘的打卡地超越你的想象,山脚下,房前屋后,老宅的居室中,新房的架空层,屋边就近的渠道,两片竹网,似曾相识的天井,石块堆砌,呈四方形,水池一丈见方,深三四尺,山谷溪涧的山泉被顺势引流,便成鱼塘。鱼塘有两孔,前为进口,后为出口,一进一出,流水不腐,鱼在其间,鲜活雀跃,是此身悠然的香格里拉。这里是流水载物的完美诠释。这个物,就是清水鱼。清水鱼是笼统的叫法,有青鱼,也有草鱼,呈现在餐桌上被津津乐道的是草鱼。黑麦草撒在塘坑内,是主食,这种草以前是从野外割来,如今随着吃鱼的人越来越多,养鱼户多为自家栽培种植。线形的叶片,穗形穗状的花序直立或稍弯,快生长要求常割常嫩,一天投放两次,保证了草鱼的规律饮食习性,它们的胃口不小,按当地的"塘主"说法,一斤左右的草鱼一天要吃一斤的黑麦草。而这些草鱼,一年就喝清水,吃嫩草,方塘内吸天地之气,享阳光雨露,如"清修"一般,在清水中缓慢生长,不慌不忙，自带节奏，一年长一斤，带给天下食客最品质的享受和道法自然的哲思。

流水潺潺，鱼翔浅底，游乐青草间，吐纳天地间。常年 4~7 摄氏度的水温，让清水鱼有了不凡的气质。身黑骏，目发光，腹底嫩白，腮色艳红，鱼鳍挺括，肉头厚但不过肥，个头均匀，从 600 多年前的古法呵护中一路走来，娇宠备至，让人忘了它的本尊不过是一条草鱼。在何田，它是傲娇的存在，存在于络绎不绝的期待里，存在于撩拨跳动的味蕾深处。抄网拿起，靠石壁下伸，一阵捣鼓，左摇右晃，和清水鱼做一番追与赶的较量，挣扎着入网，不安分地扑腾，直至上岸，从网中出，被大厨熟练地抓住，拍打，去鳞，除内，剁块，成段，遇上最淳朴最值得期待的土灶，开启一段收放自如的旅程。鱼肉的质量好，自然烹饪就很简单。

中国人自古便有"无鱼不成席"之说，鲜字归于鱼部。年年有鱼（余），富贵有余，是老百姓最质朴的期待。在开化人的舌尖上，水煮是超越清蒸的至上原味，赢在家常，胜在寻常。大块厚段的切法，一分钟内七刀半，刀刀明确，保证了吃起来不小家子气，舌尖必然过瘾。热锅，加入土菜籽油和山茶油，至八成，待升腾的油烟次第散去，入姜炸味。将鱼块顺溜入锅，黄酒浇到锅边，躲开鱼身，放盐，待到鱼头和鱼肉表皮金黄，加山泉水，鱼肉组织张开，充分吸收水分，热量传递，氨基酸释放，鱼汤变白，大火煮上约一刻钟，保持鱼身不动弹，锅口敞开不遮盖，加入新鲜辣椒块、蒜粒。锅内太极般转圈，待鱼块热滚，底部嗞嗞作响，微微上浮，转中火炖，后小火压阵，鱼装入大铁脸盆，再来一把紫苏，大片或细碎均可，腥味便无。再加葱段数片，汤里小焯，撩起和鱼汤一同浇至鱼身，美味便成。不沾泥土味的清水鱼，躺在盆内，此刻正安然地等待四方食客的检阅。闻之，香气四溢，吹不开，散不掉；观之，形如蒜瓣，汤汁奶白，晶莹如羊脂玉；品之，淡淡清香入鼻，细腻弹紧入喉，才下舌尖，又上心间，配上美馔佳酿更当别有一番意境。就像清·李渔在其《闲情偶寄》中说的那样：食鱼者重在鲜，次则及肥，肥而且鲜，鱼之能事毕矣。我想，何田清水鱼的肥和鲜都有了。它的肥，是肉质的紧实，它的鲜，在于顶级食材的自由组合。鱼和鱼汤一起入碗，慢嚼，细闻，轻挑小刺头，是从容自得的幸福感。这些宽慰了我和友人的心，安下了碎碎念的庸常岁月，在大快朵颐或慢品细嚼之间，多了人生的不寻常况味和日后的经久回忆。我想，那些不远百里甚至千里而来的异乡旅人，寻找的也不过是一盘菜里的绿水青山，大山深处的光阴缱绻，以及舌尖邂逅的唇齿相依。

这是鱼水文化的交融。美在清水间，美在鱼戏中。开化的山水蕴藏灵气，乡野的炊烟弥漫着经久不息的诗情。求吉趋利的色彩饱含着岁月的深情，被一次次端上餐桌，在觥筹交错之间时隐时现，不同程度折射出或清心寡欲或淡泊宁静的生活感悟。饕餮客从一方抵达另一方，从这厢到那厢，在某个瞬间被记起的一定有关于水，关于鱼，关于炊烟，关于灶头，关于安静的眼神的回忆，舍不得转移，忽地就存进了心口的笔记本。

鱼文化，在何田是一种发自内心的尊重。尊重自然，尊重一条鱼的安身之处，这很不容易，需要老天赏脸，也需要那里的人们虔诚。那日在何田清水鱼博物馆阅知，依照旧日乡规，凡在禁潭里捕鱼者，均要处以重罚。如捕来的鱼要用锡箔在潭头烧化成灰，捕具当众销毁，罚全村人一餐酒肉，打锣游坊检讨等，还要勒石刻字，以敬后人。同样地，在不远处的长虹乡，村民不能随意捉鱼，违者要给全村人杀猪分肉，以示惩戒，为的是让溪里的野鱼越来越多，成为生态传承的另一种活跃的奇景。杀猪禁渔和祈水保苗一样，都是开化保护生态的好做法，老祖宗留下的东西没有丢。

　　我记得，何田人的勤快和一条条鱼一样，永远游来游去的，哪怕是看起来休憩的一条鱼，它的脑袋瓜子里也在不停地思考，像一个作家，像一个哲学家，又像一个喋喋不休的长者，诉说着它短暂的人生智慧。关于和水怎么相处，关于自己怎么化成一条龙。道理也许并不复杂，就像我年少时看过的那本旧书，上面写着的 14 个字：笋因落箨方成竹，鱼为奔波始化龙。那会儿的触动和此时的触动是一样的。

　　山坞里，没好菜，抓条活鱼把客待。待客之后，也会回到了自己和家人的身边。这里的人们爱鱼、敬鱼，子孙学业有成。此外，养鱼的人把自家的鱼当成宝贝，在中秋送给丈母娘作为至尊好礼，情意满满，孝心拳拳，可称可道可念可传。

　　如今，关于一条鱼，有了更多的故事。

　　也许，每一条鱼都流过泪。它们说：你看不见我眼中的泪，因为我在水中。

　　水回应道：我能感觉到你的泪，因为你在我心中。

　　不管怎样，时过境迁，不变的依然没有改变。鱼离不开水，水因为鱼而更像水，鱼在水里慢慢游成了一条龙，水因为鱼的演化而广为人知，成了更辽阔的水，成了一条江，一面海。

　　它走出深闺，如一江春水向东流，成了西湖醋鱼的私人订制。生旦净末丑，清水鱼是美人鱼，是开化美食的当家花旦，它饱含着源头儿女对美好生活的期待，化鱼为龙，因水起舞，味味相传。

炊起来，更苏庄

生活就像旅行，美食是目的地之一，我们愿意赴汤蹈火，追江赶海，不辞辛苦。我想苏庄人最津津乐道的，是他们与人间烟火的故事。

我想让苏庄在你们的脑海里更具象一些。毕竟天地悠悠，过客匆匆，每一个你并不一定会对这片陌生的土地感兴趣。而我的文字，主要是想让你和它走得近一点，发自内心的那种走近。苏庄两字，仿佛与生俱来就与食物有某种神秘的联系。苏的繁体字"蘇"，就是草、禾、鱼的组合。这是江苏的苏，也是苏庄的苏。苏庄是开化的苏庄，暗合了苏庄虽偏安一隅却是名副其实的风水宝地。古代帝王将相对风水有着独特的执念，苦苦问道，也相信突然之间的必然。朱元璋在这里留下了太多的实与虚构，他离开之后，故事一直在传唱，这里的草、禾、鱼构成了香火草龙依梦起舞的脉络和演变图腾。庄字是在广袤的田野上散布的土房土灶，炊烟袅袅就在农人晨起黄昏次第升腾，不徐不疾，见证了朴素的食与爱的寻常影像。

开化县城离苏庄挺远，近百里的路，是本邑人眼中的远途。时间在书本里穿越，在寻常里翻阅，我一年只去上一两次。有时候，是因了中秋节前后去看舞龙，感受久违的感动和文化的力量。有时候是去爬山看风景，被邀着去，被拖着去，被撩着去。美食，却成了顺带的事，心底里却不想敷衍。到了胃打鼓的那会儿，总免不了比较，与往昔岁月做个串联。遇上心情好时，给舌尖之旅打个"蝴蝶结"，记录到生活的笔记本里。

炊粉是脱口而出，也是必不可少的心头好。到了苏庄，吃不上炊粉，说明行程是失败的。苏庄人之于炊粉，就像柳州人之于螺蛳粉，重庆人之于火锅，兰州人之于拉面，南京人之于鸭血粉丝汤，是骨子里的传承和自信。苏庄的炊粉是不拘一格的，是家家户户的拿手菜。在这里，当地人会跟你说，这道菜跟朱元璋有关。当地人也会跟你说，好的土灶是待客之道的底气。他们也不知道是啥时候开始喜欢上"炊"的，反正看着村里人"炊"，自己也就会"炊"了。看着母亲会"炊"，女儿也跟着学会了"炊"。像日出而作、日落而息一般自然，顺理成章。

炊，从食的内里看，也是另一个视角的蒸，区别不大。因为地域的交集，江西人叫蒸菜，隔了几个大山头，到了浙地开化，便唤作"炊"。炊，更有带入感。有了火，食物才有了灵性，充满了诱惑。富户村吃过的炊粉，印象太深。汪师傅的家，在小巷的拐角处。中秋月将圆，主妇围着灶台转。蔬菜炊粉和狗肉炊粉都安排上。男人们忙着聚集，忙着吹牛，准备村里盛大的聚会，他们是龙身、龙头、龙骨、龙架，也是"龙"身边的卫士，多天的劳作，需要美食的犒劳。炊粉，是开放包容的。而这种包容的产生，有女人的细腻，男人的耕作，刚柔并济，生生不息。彼时的我，是小板凳上的看客，也是听众，在等待美食的过程中，被陌生而又熟悉的灶头烙上深深的记忆。知道了天地之外有天地，看似平常之外其实有看不到的不平常。

荤和素，炊粉照单全收。家禽兽肉、螺蚌鱼虾、各种蔬菜，都在它的怀里。在烟熏火燎的厨房里，这些深藏于岁月的技巧和经验，往往是主厨们只可意会的一个人的独舞。所有的惊艳，都来自长久的准备。木砧板上，南瓜、豆芽、红辣椒、腊肉、鱼、紫苏、葱、蒜、油、盐，有着自己的使命和出场秩序。香料，是画龙点睛的妙笔，一种像韭菜又像葱的香料，当地人叫藠头，用场是炊蔬菜。另一种叫长路草，学名叫白苞蒿，炊肉菜为主。汪阿姨最常做的逢客必做的，也是那"四大名谱"：炊粉肉、炊粉鱼、蔬菜炊粉、辣椒包。炊粉肉的食客最多，炊粉鱼是最特别的期待，蔬菜炊粉是乐活当下的通行证，辣椒包是平凡生活里的强心剂。用最简单的方法烹饪，是对鲜美食材最大的信任。米粉拌上盐和味精，加干辣椒，抹食用油，包裹鱼块、肉块、南瓜丝、豆芽丝，偶尔被大红辣椒包裹，心手合一，搅拌均匀，才有味道的底气。放在布头上，摊平，入锅蒸，柴火不断，火势旺盛，食物的香气在时间的隧道里相遇相融，舌尖的诱惑便等不住了，只等锅盖一打开，来一场风起云涌的舌尖翻腾。

那天晚上，坐在八仙桌上，屋外人声鼎沸，香火插龙身。屋内灯光暖黄，秋风从弄堂里挤进来，轻轻地落在每一盘炊粉里。汪阿姨对我说：小郑，你多吃点。下次来，不一定是什么时候了。

我突然鼻子一酸，赶紧夹了辣椒包，低头咬了起来。菜的本香和米粉的清香在舌尖，苏庄两字却滑进了心里。

汤瓶鸡，醉齐溪

美食就像回忆，很美好。它可以是一般过去时，过去将来时，也可以是现在进行时。这些都被不同的人一刻不停地演绎，恰似永动机，总有人前赴后继地推着它转。

没想到时间的列车像个小孩，永远不知疲倦。风一天天地凉了，日头一天天地弱了，秋风渐入佳境，晚归的心情不自觉提前，对一日三餐似乎有了新的期待。这种期待，其实是对温度的期待，对某种高冷的排斥，载体的名单里就少不了吃。早饭到午饭的时间似乎很短，思绪要应付案头，总得集中。午饭时间因此显得匆忙，单位食堂，自家厨房，路边小店，都是打卡果腹的便捷选择，不对味蕾提出高要求。下午"搬砖"，承今启明，仍须用心。到了晚饭的点，最接近传统的正餐概念，似乎有大把的时间可以自我安慰一番，对大众也基本覆盖。尤其是到了周末，总想着小聚，吃点好的，新鲜的，特别的，好久没吃过的，大家都期待的。

汤瓶鸡就这样从脑袋瓜子里冒了出来，经嘴巴一提议，众人立马同意。目的地，几个人也是心照不宣，想来谁都有可能熟悉，与店家有过交集，只是划过的岁月线有长有短。

心理学上说，有些食物是让人兴奋的，充满了愉悦感。水果有香蕉，家禽有鸡肉。对鸡肉的记忆，我们都很深刻。小时候，看父亲在厨房门口杀鸡，用菜刀对着鸡脖子一抹，鸡就扑腾在地。鸡血被装在碗头里，当场咕咚咕咚喝掉，母亲说这样吃，补呀。长大后，经过大江南北，一道道鸡肉菜被刻在了肠道里，随时被搜索、提取、回味。

印象比较深的是那一次在湖北宜昌。在一家旅舍的附近点一盘重庆辣子鸡，吃得满头爆汗，简直爽得一塌糊涂。晚上躺在床上看最新版的《水浒传》，看得热气回肠。心想着，好汉们的牛肉也不一定比得上我吃过的这盘辣子鸡。我知道那样的光阴很幸福，虽然短暂但就像每一座我途经的城市一样，哪怕很短暂，却总会藏在心里的某一个角落，待有朝一日想起，自然也是一道美味。

对鸡肉，中国人是用了心的。东北的小鸡炖蘑菇，新疆的大盘鸡，还有广东人餐桌上少不了的白切鸡、豉油鸡、脆皮鸡、花胶鸡……可谓无鸡不成宴。除了整只鸡，鸡的各个部位也能单独成菜，比如鸡翅、鸡腿、鸡胗、鸡爪，等等，一只鸡带来数不尽的体验。最忘不了的，是湖州的鸡爪，大名鼎鼎的"周生记"招牌。排队等鸡爪，一装袋就用手来抓啃，在大街上旁若无人，低头缓行，乐在其中。这是一道鸡爪香，也是匠心传承下的"非遗香"。非遗的魅力大啊，凡是有非遗的地方，都是地地道道的袖中锦，心上人，掌心珠。

如果说鸡爪最好用来当佐餐，那汤瓶鸡就是当之无愧的正餐大菜，它是对寻常生活的慰藉。我们要找的美味，在开化的北面，掌勺的师傅是齐溪岭里人，饭店在马金镇通往齐溪镇的途中，名曰：途中饭店。这个饭店，有手机的人或许都在某一天搜索过，是冲着满屏点赞和满屏的活色生香去的。传播方式的更迭，让手机成了通天臂，世界触手可及。在车上，心和车轮一起滚动，是不安分的，默念着汤瓶鸡三个字，口水来回吞咽，身体在车上随路面微微起伏，这个被《舌尖上的中国》总导演陈晓卿说起过多次的饭店，成了很多人情愿的等待，甘心的预约，眼巴巴的期盼，绕不过的茶余饭后。

有了盼头，路便不远。见到了熟悉的店名，一日不见，如隔三秋的感觉迎面而来。老板余身和照旧在屋子里忙碌，他的妻子是他最好的帮手。多年前，他的书法在县城陡然扬名，被笑称是厨子中书法最好的，书法中烧菜最好的。他是两者欣然接受。古稀之年的他，汤瓶鸡是三代人的交接传承，从爷爷到父亲，再到自己，光阴流转，唯一不变的是那股子极致用心。他说，奶奶从水岸边捡起的汤瓶炖饭煨鸡，香味吸引了邻居，留住了教书先生，留下了"孝廉方正"的故事，口口相传，影响了很多人的脑袋。爷爷和父亲留下的汤瓶，也成了他的风味"神器"，不会轻易拿出来，也不是一般人能看到。没想到，这却成了影响很多人胃口的引子。

汤瓶鸡，他总是一个人出马，有一种独门秘籍的潇洒从容，也有笑傲江湖的寂寞沙洲冷。堆积成山的木柴，烧成"螺蛳炭"，这是汤瓶鸡最原始的动力，凤凰涅槃的撒手铜。当然，鸡是最有底气的资本。屋后有山，空气新鲜，散养其间，空间大，运动量大，鸡脚细长，漂亮光滑。除了吃虫子，只喂粮食，这保证了肉质的紧实和鲜嫩。现杀的鸡，开水脱毛破肚，倒挂流干血水，不焯水，用干净的毛巾擦干，炭火盘上是汤瓶，也是练功的秘笈。这个功夫，就是火候与时间。几片生姜锅内先过水，加几个辣椒，放进汤瓶一次性加满水，高温炖一小时许，后用炭灰盖住火，加盐慢炖两小时，末了大火快烧，起瓶上桌，趁热开吃。

一勺汤入碗，鸡肉随后而至，吹气，鸡香四溢，猛然入鼻。捞起一勺子汤，嘴唇贴着瓷边，黄黄的视觉，浓浓的嗅觉，醉醉的感觉，撮一口汤，咬一口肉，原汁原味，嫩滑不柴，鲜味绕舌。再看，碗里有一层油，点点若黄花，又像是波光粼粼的湖面，双眼都沉入其中。

画面像碟片被快退，八仙桌，众小菜围绕，中间一四方木块垫在桌子正中央，锅盖打开，家人围坐，灯火可亲。爷爷叫我们多吃菜，奶奶夹鸡肉往碗里送，父亲叮嘱着母亲也浇点鸡汤，这样更下饭。而彼时的我已经知道，他们是想把鸡肉多留几块给我，自己喝点鸡汤无所谓，孩子们多吃一点并不会影响他们的幸福感。对他们而言，看着自己的孩子在岁月里成长，在美味里沉醉，也是不必言说的小欢喜，大爱意。

那一天，我照旧用鸡汤浇饭，整碗饭里因为有了四溢的鸡香，嘴唇的贴近，牙齿的过滤，食道的流转，胃里的翻腾，竟和儿时神似无异，仿佛一下子就回到了简单的纯粹的那种美好。一日三餐，四季流转，平淡里的幸福和每一顿晚餐的相逢一样难得，而生活因为有回忆，能温馨如昨，于是也瞬间悄悄地爬上了吉祥如意的感觉。

这是寓意，也是心的赞同。这样的感觉，需要时间、地点和人物，也需要由此而映衬的内在和外在的统一。王阳明讲求知行合一，而心情多由境生，境则由人生，人则由物起。

物的起源，也离不开至简的大道。它一头穿起现实世界的人和物，另一头穿起回忆里的种种，回归一种食材该有的样子。我在想，其实幸福有时候可以很简单，当你愿意在某些时刻慢下来。一口饭，一口菜，一勺汤，仅此即可。

岁月忽已晚，恍惚入齐溪。

山物惟错

　　世界很大，在文字里。世界很小，在文字里。人和人会在文字里相遇，食物和食物也会在文字里相遇。

　　古书《禹贡》里有一句话，叫"海物惟错"。说的是海里的水族多，海边人有海味。买过一本文友推荐的书，也叫《海物惟错》。看到别人吃喝，不禁想为自己的家乡也喊上几句。

　　钱塘江的源头山货多，是自然之选，自然之爱。老百姓的口福多是山珍，只是他们不曾张扬，仿佛这样的财富不该外露。这是老观念了，如今已然更改。山珍海味，山海相连，山珍在前。山里人靠山吃山，所见，所食，在外人眼里也许并非稀奇，但在自个儿心里，却是压箱底的口欲之欢。说起那些菜品的组成来，可谓如数家珍。一道菜，加了地方名称作为前缀，必有特别之处。这个特别，是一个地标，也是按捺不住的自信。

　　自打记事起，就对"煲"情有独钟。土话叫炖锅，砂锅是商用名。一来是容量大，内空大，上有盖，踏实，藏得住热气，热得快，能保温。开合之间，有浓浓的人情味，更有说不出的好味道。这味道，在眼，如烟缭绕；在鼻，香气阵阵；在耳，突突作响；在口，蠢蠢欲动；在心，呼之欲出。再则是入锅的菜不讲究，家里随时都有备货。这其中，木耳干、香菇干、笋干是三大主力。其他的诸如金针菇、鱼干、野葛粉等都是副手，是备勤的，在餐桌上属于值班的性质，时间和机缘全凭主妇当天的随心一想。

母亲是"煲"的忠实捍卫者，捍卫它的自信，宣扬它的万能。它让她有了常常做饭而不生厌的可能，理由冠冕堂皇，就好像锅盖一盖，只须中途看看，便可万事大吉。操作时心有法宝，面前有宝物，自然开心。想来，将心比心，换位思考，做个厨师比做个好老公更难，如有神器，定是少了不少麻烦，省心省手。

味里的道，我亦努力追求，试图破解。虔诚之心，坚守至今。这条道，离不开山的脉络，离不开轨迹里的光影。多年前的办公室，位于城之东，对面之山称金钱山，相传有金、钱两位道人修炼。光阴往老处说，是故土情。情在城之北，有重镇，数十里而已。曰：马金。镇东有天童山，久负盛名，唐宋皆有名士修炼，传奇色彩多在布衣推杯问盏，划拳猜令之间。然，最耐人寻味，陌生好奇的便是城之西南的杨林。

杨林是边关重镇。水墨杨林，边隘风情。最先的感觉是一个人，《水浒传》里的锦豹子杨林。他上应地暗星，是策马探路的先行者。起先对他认识不够，认为这家伙脾气暴躁，后来看他面相和作为，倒是一位侠骨仁心的好汉。这个做过林冲副将，攻破太乙混天阵中的木星阵的"武奕郎"，眉秀目疏，腰细膀阔，也算得上是个帅哥，"粉丝"不少。而作为地理意义上的杨林，就有这种气质。有侠客的豪情，也有行事如风的飒。在风雨交替中，穿越迷惘，走向山头，一往无前。况且，它还有一座山——南华山。南华山是幽深的，让我怀疑它藏有豹子。事实上，山里的风物有动有静，动的便是飞禽走兽。静的便是山珍奇果，以及它藏着的道。怀玉山脉东西跨越，神采飞扬，百余公里铺开人间道，走向无间道。南华山在东，是苍龙。三清山在西，是白虎。与远方的龙虎山遥相呼应，道道相通。然三清山玄妙，名头大。南华山却内敛，深不可测。这里来过大将军，追过吊睛虎。这里也有络绎不绝的问道人，溪上搭桥，观鱼自得。这里自然也有附近的村民上得山来，采野果，寻山珍，饱肚囊，解烦忧。野生黑木耳，色如墨，此黑通玄，如老子的四位弟子，通玄真人、冲虚真人、南华真人、洞灵真人。他们分列东南西北四方，与天地成六合，延绵不绝，探索不绝。而我踏上山时的场景，多年之后总会恍然入梦，继而勾起遐想。遐想庄子尝隐居南华山，被唐玄宗封为南华真人。他是逍遥之人，是否循着足迹从鲁国一路踏歌而来。江南清丽地的南华山，是否老子也曾大驾光临？只是少了后世的笔墨着迹罢了。

所幸，野生菌也会下山，进化。木耳、香菇这些"黑家伙"，经人工栽培，让养生在山窝里的宝贝，在餐桌上有了一道道传承的记忆。而南华山，是绕不过的一道弯。这道弯没有拐角，只有延时功能。延的是年，益的是寿。黑菇，黄笋，清泉，筒骨，是古老山民确信不疑的滋补佳品。起的初名叫南华山菌煲，传得多了，食物有了地域的包容性和扩展性，唤作钱江源山珍。其烧法，至简如道。起锅，入山泉，葱姜，倒筒骨，小火慢炖成汤，后筒骨和汤装锅，放各等山珍，加盐，小火续炖。两者合二为一，形神兼备，整体为先汤后菌，先硬后软，二道法门。

我相信，南华山后山道士的修行。我相信，那场修行住进了杨林人的心里。破旧道观，老道盘坐，气定神闲。采山珍，入山药，程员外久食菌煲，康健回村。后资建道观，南华山得"小三清"名。

食物是一种信仰，山珍之珍，珍在本真。钱江源山珍，是味道里的江湖。只是山物惟错，玄之又玄，似可道，却道不明。若求解药，道在南华。

南华在哪儿，开化，杨林镇内也。

只吃白腊肉，不用管朱熹

食物里，藏着怀旧的味道。

腊肉常有，白腊肉却难遇。即使遇见，也难有口福。自古待客分等级，不是贵客、稀客、雅客，主人家难免"留一手"，心中至味自然想着妙不言语，悠然独坐，温酒在侧，家人独享。

朱熹白腊肉，在开化，便是这样的存在。朱熹白腊肉，一开始我也是好奇的。坊间关于朱熹在开化，有过不少描述。有些类似于野史，说朱熹的情人在开化，在马金。这不足为奇。我在武夷山时，一杯武夷岩茶的功夫，就把朱熹迷恋上寡妇胡丽娘的故事听了个大概。胡丽娘貌美，老公早就西去，这对一个女人来说是寂寞的，独守空房的寂寞我想不是女人应该没有这个发言权，发言了也会被女人们鄙视。后来又在玉山怀玉书院，看到朱熹在草堂书院讲学的记述，怀玉山顶金刚峰南麓，一定也留下了他夜观天象、孤枕难眠的寂寞，哪怕只是片刻。能有白腊肉，风一吹香味来，就着高山辣椒，也是下饭神器啊，这对现场教学也是一个极大的能量补充。

　　离玉山百把公里的开化，对朱熹白腊肉有着正宗的解读。它是钱江源头的"千年老妖"，修炼的是"久阴白骨爪"。不喜见天日，喜阴，喜风，喜悬梁，喜高处寒凉独自在。它是寒冬腊月里的撒手锏，杀的是屋外的风雨沧桑，杀的是对寻常食物的倦怠消极。杀过之后，是另一番天地。换来的是何种滋味，只有品尝过的人，才有发言权。腊肉，在时令上，是年菜。它贯穿天南地北，暖了游子的心，让年在普通人的嘴巴里变得真实可感，那份憧憬也变得亘古不变。猪是家中宝，有猪方成家。说起腊肉，在大半个中国，猪肉无疑是可以画等号的代言人。而白腊肉因缘际会，在钱塘江的源头，却成了无巧不成书的意外。这个收获，是小懒，是法自然后而成的道。当然，这个"道"，经过名人的推广，有了更久远的效应。就像白腊肉的香，在岁末年初清风送爽，香气扑鼻。不过，归根结底也逃不开天时、地利、人和这样的至尊组合。

　　朱熹祖籍徽州府婺源县，离开化不要太近哟。朱熹祭祖在江西，做官在福建，折转在浙江。此外，还有四方游走，布道讲学。讲学之地，包山居其位，留其名，深其远。他踏上浙里好地方，在传播理学之光的同时，也得到了当地老百姓的爱戴。百姓淳朴，为表敬意，岁末送上猪肉，然朱未及时食用，便将其挂在屋内墙上。风吹之，肉渐干，不承想慢慢有了另一种风骨，颜值也清婉动人，成为宴客佳品，白腊肉由此散开。我们不必细究白腊肉的来源，但无可否认的是大道至简。当放眼都是大同小异的腊肉制作技艺时，束之高阁，高高在上，等风来，不失为另一种妙方。这让我想起小时候的画面。老屋，石头房。里面的梁柱子，皆为木材。房梁上，多悬挂鸡鸭鱼肉，以猪肉为常。岁末的猪肉，经时光的涤荡，在仲春，顺着天窗上的阳光在表层折射出一道道金光，偶尔遇见的金光。

这光，随着风的舞动，带着腊肉旋转，像是舞池里的拍档，默契而无声。过了舞勺之年的我，已接近弱冠，弹跳力较佳。堂前数方领地内的起冲，跳跃，便是自我训练之法，无师自通。而白腊肉，却成了我的引子，引体向上的引力。我的每一次起跳和触碰，都让我有一种惊喜，像"跳一跳摘桃子"的成就感。有时候，跳得高了，白腊肉晃动得厉害，像秋千一个前后摇摆，让大门也变得骄傲起来。

梁上有大铁钉，不知是哪一年钉上的，估计是房子一落成，木匠的高瞻远瞩。一来是燕子的窝巢，二来是家中味道的花枝招展处。阳光偶尔眷顾，风天天都会来。父母亲每天从屋外走向屋内，抬头看一眼，腊肉似乎又瘦了一点，颜色又变得低调从容了一些，不再是水滴滴，装满了胶原蛋白，而是紧缩缩，瘦成了一道闪电。惊艳你的眼，撩动你的胃。关键它还有一种欲语还休的魅惑，不矫情，但也不是一眼看穿，有想象的足够空间。炒就炒，和冬天里的白菜帮炒，吃过的人想起来就会流口水，没吃过的人是满心期待。炖就炖，和笋干、萝卜干、香菇干、木耳干，啥干都能调和，都不会少了自身的香味，可谓出白香而独领风骚，浑然而不忘我。蒸就蒸，蒸了之后如有醋、酱油、辣椒油的加盟，便是小酌的神器，满足了小众的曲径通幽，余音绕梁，每每回想，必定称道，不忍戛然而止。

风味的追寻，千百年来，国人未曾停歇，年年追山赶海，日日蹄疾奔跑。冬日午后，潘金莲和孟玉楼在门口嗑瓜子闲聊，来了个沿街磨镜子的老头儿。两人的镜子被老头儿磨好了，老头儿拿了铜钱却不肯走。这一问才知道，他那个不争气的儿子，赌钱把老母亲的棉袄都当了去。如今婆娘躺在炕上，十来天了，想吃块腊肉都讨不到。磨镜子这点钱，哪能买到腊肉。金莲玉楼闻言，勾起了慈悲心肠。一人命人拿了一块腊肉，两个饼锭。一人量了二升娘家捎来的小米，嘱其配着吃。这种温情，在当时看来实属难得。或许是腊肉的原始味蕾记忆，勾起了人之初性本善的注解。这腊肉香啊，在历史的长河中一飘就是两千多年。

贴上朱熹标签的白腊肉，和朱熹的关系应该也没那么深。只是我在想，作为一个节俭的人，甚至是近乎小气的人，朱熹对白腊肉的影响，也许鲜有文字的记载，毕竟没有亲嘴体验的描述，也没有品尝之后的快感和恋恋不舍，所以说不必在意他老人家的噱头。这从他大力提倡的"灭人欲"理念有关：饮食，天理也，山珍海味，人欲也……

老友辛弃疾到福建看望他，招待的，只有一碟子黄豆，一坛子酒，未曾见肉。他在武夷山讲学，伙食也是少油无盐。客观上是囊中羞涩，主观上也是太过节俭，不论场合，少了待客之道，少了热气腾腾的烟火味。以致当世有口舌之争，心中之恨，上告之祸。

抛开剪不断理还乱的岁月长布不说，红了樱桃有红了樱桃的好，绿了芭蕉有绿了芭蕉的妙。所幸，白腊肉的味道他没有亲身诠释。随手一挂，经历了简约的传承，有了风的味道，时间的味道，反而让后来人有了随性遐想，亲自验证的可贵。这让身处闽浙赣之中的开邑百姓，有了舒展的发挥，浩荡的匠心，品味时的万丈豪情。

寒意在，无妨。春未至，也无妨。那就让我们对酒当歌，只吃白腊肉，不用管朱熹。

东花生炒肉

十年前，我不认识东花。可，东花早就出名了。东花在哪里？东花在开化。开化具体点？沿着钱塘江溯源马金溪，停在一个叫音坑乡青山头的村子。青山头，吃饭的时候人头多。

东花在那里，对人气集聚是有贡献的，对农产品的销售也是有贡献的。她出名，快三十年了。这是我当面问出来的。她的出名，是因为一道菜。一道什么菜呢？辣椒炒肉。确切地说，是土辣椒炒土猪肉。开化人对这道菜的通俗叫法是"五婆强盗炒"，意思是强盗抢猪，杀倒就炒，突出的是一个快字。当然，和我妈的叫法一样，"下里巴人"的叫法是新鲜肉炒辣椒，简称青椒炒肉，叫起来听起来都不生分。"新鲜肉"三个字，从主妇们的口中说出来，有一种满满的自豪感。仿佛她们才是挑选食材的高手，既出力又出智慧，保证了食材的第一现场，对肉，是确认过眼神的。

胖胖的青椒，在我眼里是不被认可的青椒，那种是菜椒，还有凹凸感，不光滑，像是过了更年期的妇女，在一道菜里顶多是凑合而已，没有刺激感，不会正眼看，细细品。青椒，一定要像穿旗袍的妙龄女子，身材够好，修长水灵，才有味道。农家自己种的辣椒，够土，闻着有泥土味，也有辣味，还有人情味，是被用心培育的。如果你是亲自去摘的辣椒，摘多了，手上会辣辣的。这样的辣椒，东花的店里有。这就凑成了东花炒肉的半壁江山。辣椒，是幕后的军师，让肉被联想，被惦记，这很不容易。东花炒的肉，是猪肉，来自隔壁乡镇的私人订制。路不远，二十来里，老熟人，品质好，喂杂粮，放心，长期有货。

我是在梦里被催着赶去东花的饭店的。很多次，回老家，或是途经，都是恍惚一过。有时候，是觉得一个人没必要，有时候，是同行的不吃辣。还有时候，是怕饭点人太多，经不住等。好在，还是去了。

那天我把记存的电话翻了出来，按了六个数字，马上就听到了熟悉的声音。这个熟悉，是以前打过牙祭的回忆。我用土话跟她说，三个人，过二十分钟就来，店里忙不？她说，今天很空。四个轮子，便得了指令，飞奔而去。

还是老位置，东花饭店。马路边，两个村子的交叉路的斜角。这是村里老供销社的地盘，一层是店面，二楼是饭店，三楼做来料加工。我们没有去三楼，也没有听到做工的声响。见到东花，没有叫名字，因为她年已过花甲。我们对着柜子点了三个菜，她说两个菜就够了。见我执意点三个，她也不便勉强。我说，我们慢慢吃，多吃点。

辣椒炒肉，自然是少不了的，是当仁不让的主角。还有两个，一个猪血豆腐，一个牛头肉。辣椒炒肉，用她的话说，是叫回锅肉。

这是我一直好奇的事，因为我不知道她这道上通马金，下通县城，名贯十里八乡，方圆数百里的菜，究竟叫啥名最好。我也记得三年前，第一次吃了以后的那种信誓旦旦，说要记一笔，好好推广推广。这一等，光阴又溜走了三年。

以前干泥水匠的，做油漆的，老旧屋料的，卖水果的，一年四季在路上穿梭。不知道咋的，就钻进了那个不起眼的小店，可是吃饱喝足以后，走下狭长的水泥楼梯，仿佛对眼下的不如意，对未来的瞎操心，都统统抛到了九霄云外，满足感是满格的。我想着她的辉煌烧菜史，就忘了回锅肉已经在她的世界里呼之欲出了。刺啦刺啦，噼里啪啦，锅里有嗞嗞嗞的声音，从我的左手边、左耳边传过来。我起身，站在厨房口，往厨房瞄了几眼。她还是和以前一样从容，挺直了腰，拿着锅铲，锅里是另一个世界，而我并不想去探究。

小方桌上的黄金茶，刚泡不久，没喝几口。东花的老妹子，和我们寒暄了几句，那盘肉就到了。好大一盘，众人齐呼，我自然也在其中。红辣椒，青辣椒，白大蒜，肥肉，精肉，半精不肥的肉，黄里透出酱油浇灌的黑，表层是油水淋浴的鲜翠，真的是人见人爱，花见花开，谁见了谁流口水。我们就拿了筷子，拆了碗盖，一块块地夹肉，一口一口地咬辣椒，饮料咕咚咕咚地下肚，一下子也没想到盛饭。口里互相说着多吃菜，眼睛却直勾勾地对着那一大盘的肉。肉好香，和小时候吃肉的感觉一样。大蒜也很嫩，竟然不辛，有点甜。辣椒百口不腻，一层层地递进，中和肉的紧实感，延续胃的扩展度。时间就那样静止下来，边上后来的食客像隔了金钟罩，封上了结果，进不来，无声息。我在心里跟自己打了个字幕：这样的时刻并不多，很想就这么延续下去，不舍向前。东花不经意地走过来，她说这一盘肉有二斤。你们是三个人，如果再多几个人，还有更大盘的，三斤。

她滔滔不绝地说了一些，我能体会到那种带给别人快乐的幸福感。哪怕只是一道菜，只是以一个厨师的身份。但我想，不再年轻的她，像每一个正年轻的众生一样，享受美食是快乐的，分享美食也许更快乐。那么多年的历历往事，和烧过的菜一样，必定有酸有甜，有苦有辣。炒菜时的她，也一定是年轻的。她会自动储存一些食客，正如很多人会存储她的这道辣椒炒肉，稀释了生活的一些愁苦，有了忘不了常想起的幸福感，轻轻地，温暖地闯进每一个寻常却又独特的人生。

或许，当年的她也曾貌美，在食客的称赞声中，厨艺见长。或许，她享受的就是站在灶前的那种感觉，有仪式感，有安静的心，有不变的坚持，也有发自内心的热爱，这才是美食的归去来兮辞，才是东花炒肉的本味。

敬长者，芹江虾

　　不知道从什么时候开始，清寂下来，更爱看那些写吃的文字。吃的文字有节奏感，有回忆杀。不沉重，多快意，是另一个人世界。

　　我看的这本书叫《觅食记》，是谢大师的作品。封面是一种巨大的色诱，体现了色彩心理学的引诱。随意翻着，风把我的眼睛带进第 90 页，这一页上有这样一段文字：……鲜虾饺。这是粤港小吃的代表作。饺子皮不是通常的面粉，薄而透明，内馅是一只鲜虾，艳丽的红色，透过白纱般的云层，半遮半露，隐约风情，简洁、单纯、艳丽而性感，这就是这道小吃的优美造型。一只虾的内馅怎么会造出这么绮丽的情景、这么优美的味觉？猜想，首先，那虾是绝对的新鲜，坚挺而脆，加上浅淡的（不留痕迹的）腌制，入味。鲜虾饺代表了粤菜的基本风格——清新淡雅。

　　看着看着，就恍惚进入了吃的世界，吃的地方，吃的坐席。遗憾的在于，在尘世游走小半生，竟没有去过粤地。脸上贴的是粤地的护肤品，眼里喜爱的也有粤地的杂志，对花城的向往也已多年，却没有亲身到场，不免遗憾。当然，遗憾只能等日后再弥补。文字里的虾饺却让我想起了曾经的吃事，相关的人，过往的岁月。这些记忆的画面，也不用慌着翻箱倒柜，自然会在某一天拉出来，摆出来，看着想着就十分美好。

人生很短暂，就怕入了迷局，如果不能拥有，就不要忘却。讲不清的理很多，就像说不清、道不明的感情，越深究越纠结，越纠结越痛苦。当你慢慢放下，自会清风徐来，如雨后如洗的天空，有抬头不陌生，仍然捉得住，愿意且留下的小欢喜。这种感觉，比亲自动嘴更有收获。就好像一个大厨，喜欢烧菜，喜欢传递爱，但自己并不一定要对美味佳肴放不下筷子，也不一定要是个吃货。只是阅尽食单的他，看到饕餮客大快朵颐，浑然忘我时，却总能涌上心灵的饱暖来。这是由味而抵达的"道"，以舌头为原点，丈量与自然万物间的关系，是关于人体本能之一的逍遥游。

袁枚在《随园食单》里有云：凡人请客，相约于三日之前，自有工夫平章百味。若斗然客至，急需便餐……必须预备一种急就章之菜，如炒鸡片，炒肉丝，炒虾米豆腐……目光及此，虾米豆腐就这样跳将出来，像抽了一道签，开始了自言自语的讲解。

一个人的安全感，也可以在餐桌上。一个人的孝顺心，也藏在食物里。虾米，是应急菜，是菜里的神行太保，透着江湖豪情的暗香浮动，在钱江源头也留下了诸多佳话。

小时候，我和几个小伙伴经常在大热天的午后，拿上簸箕，带上低圆宽口的罐头瓶、塑料袋、火钳，套上中筒雨鞋，就到屋后面的沟渠里去摸鱼捉虾。两三个人即可成就一段"业绩"。干的活不难。一人在沟渠的上方起脚，左右晃动，两脚衔接，声响不大，以不搅动浑浊水为基本原则，行至数十米，底下的两人，一人护着簸箕，一人从旁协助，忽地提起，拎高至腰身处。没承想，膝盖深的水竟带来了跳动的鱼，横行的蟹，闪光的虾。对，是闪光的虾。鱼是常客，蟹不强求，独虾充满期待。这些家伙，爱跳擅跑，容易逃，我们得小心翼翼地用双手护住、拦住，慢慢呈"三角形"围拢，才有可能收入瓶中。罐头瓶装虾，得盖上塑料盖。于是，回家盘点后，只得转移"阵地"，把虾装到脸盆里。脸盆是母亲的嫁妆，红红的底。没记错的话，是一条条的鱼。周边是白色的覆盖，虾在里面，装上半盆略高的水，看它们时而扑闪，时而蹦跶，时而驻足停歇，便是彼时一大乐事。一汪水里，从本真到迁移继而到安静，若没了虾的入驻，必然是沉闷的。

除了纯玩的孩子军团，大人们对捉虾倒是情有独钟。开化的河虾，四时都有，最鲜美的时节是秋天，令人食之难忘，念兹在兹。因为靠水吃水，亲水有情。况且，捉虾也是方便，水质好，大溪小流均有踪迹。可网、可摸、可钓，各发挥其所长。

在溪水里，浸泡身体，却是灵魂打了桩，入了定。长长的螯，块头大点的肉质肥丰软甜。小小的，细细的，是虾米，是生长中的一段驿站，却也清脆香鼻，拥有大批粉丝。

炝着吃和油爆，是河虾的两种主要吃法。"炝"的主要表现形式是"醉炝法"，即常说的"醉河虾"。鲜活河虾入碟，加酒，碗扣之。一段时间后，河虾处于醉酒状态，可揭碗而食之。施加不同的作料，便是每个人眼中的哈姆雷特。油爆河虾，是寻常人家的普遍吃法。所谓油爆，关键在一"爆"字，温度高了，火候到了，味道就飞奔在来的路上。葱段、姜丝、花椒等也尾随而至，通过煸炒出味，然后鲜活的河虾快马加鞭，冲入锅内，形成爆炒快炒。时间最好中庸，短了如蜻蜓点水，未能尽兴发挥，保不准会不熟生腥；长了，未免过老，新鲜味过了头，带了锅里挪移而来的焦灼味，让人眉毛微微扬起，带了憾意。满意的状态下，出锅入盘的河虾，外皮红黄薄脆，内里暗藏乾坤，惹人遐想，唇齿欲动，一箸入口，摇头晃脑。是下酒菜，也是长者爱。

　　想起了家乡人的情义。离开乡下工作地后，有故人惦念。捎来自家捉烘的小虾米。放在厨房的顶层隔柜上，不忍动它。动的时候，摸几把，亲自浸洗。旧时光便如旧电影，在脑海里一帧帧翻开了。青椒在菜板上嗒嗒嗒嗒作响，电饭煲内新米正香，幸福感油然而生。尽管不会喝酒，却也诠释了河虾的另一种简单宁静的吃法。至于从古至今派生出的各式吃法，吾辈当慢慢领教。如以鸡汤煨之，干炒亦可的虾圆。如捶烂，团而煎之的虾饼。

　　口味是逐渐养成的，就像对一个人、一座城的依恋一样。晚唐诗人唐彦谦是山西人，爱吃醋。对江南一带的河虾羡慕留恋，有一首《索虾》为证：

> 姑孰多紫虾，独有湖阳优。
>
> 出产在四时，极美宜于秋。
>
> 双箝鼓繁须，当顶抽长矛。
>
> 鞠躬见汤王，封作朱衣侯。

> 所以供盘餐，罗列同珍馐。
>
> 蒜友日相亲，瓜朋时与俦。
>
> 既名钓诗钓，又作钓诗钩。
>
> 于时同相访，数日承款留。
>
> 厌饮多美味，独此心相投。
>
> 别来岁云久，驰想空悠悠。
>
> 衔杯动遐思，啰口涎空流。
>
> 封缄托双鲤，于焉来远求。
>
> 慷慨胡隐君，果肯分惠否？

　　他的眼中，河虾入汤锅，鞠躬卷曲，全身变红，有如面圣受封，受宠若惊的朱衣侯。虔诚之外，是禅意，无假意。我偶尔会想，假设不经意到了开化，会不会有另一番的思绪？思乡的时候，会不会安立于土灶前，想长辈的时候，会不会千里迢迢带上"芹江长者虾"，去赶赴与"山西老陈醋"的珠联璧合？

　　所幸，我没有那样的垂涎和期待，也不用那样的追江赶海。只是久居小城，未曾探究，家乡的虾，为什么称"长者虾"，还加了"芹江"作为前缀。想来，"长者虾"除了帝王将相的点赞描彩之外，也许自带的是那种悠然的气质吧。这种气质，是食客的波澜不惊，有年龄的加持，风范意所独得，唯长者可居。长者，也暗示了子孙后辈，应先敬美味于长者，端上孝心。而芹江，经马金溪的一路流淌，汇聚在县城，人情味从乡下交织、凝结、发散、思念，成了时间里的标本，镌刻了人生百味。

　　九曲芹江，缠缠绕绕，长者虾绕上了气糕，绕上了片儿川的浇头，把江南烟雨都带进了面碗之中。面碗之中，不过是一碗人间烟火。面碗之外，是人世间起起伏伏的心，人人不一的际遇。

　　于开化人而言，它的共性定然少不了这一点，那就是一个个味觉定位系统，是馋上一枝花。哪怕人不在故乡，每时每刻都在唱念做打。

chapter

02

▼

乙卷

九天揽月

红尘味道 *Hong Chen Wei Dao*

贤花馄饨

开化是个美食之城。这话很多人说过了，我只是想强调一遍，以一名食客的角度再次吆喝一声，谓之人从众。

贤花馄饨在开化。它离我很近。县城以北，北站东南，出单位大门，径直往南，穿过人行道，左拐，再直走，就到了，五百来步。

店面，是大俗的外观，和你看过的所有国内大小城市热闹街头、大众小吃店或犄角旮旯的店招外表无异，字体突出，鲜艳，简单，热情，直白——"贤花特色馄饨"。

店不大，四十来平方米。外面供客人吃饭，三十来平方米，左右两侧摆了六张中长方桌，里面是厨房，十来平方米，墙上是"菜单"。因为小，显得更紧凑。因为小，坐在里面，才更温暖。抬头打量，粉干、粉皮、清明粒、水饺、蛋炒饭、盖浇饭等主食齐刷刷地往你眼里钻，还有一些诸如煎鸡蛋、鸭头、大排、竹签肉一类的配菜，让你也舍不得绕开。

老板娘姓朱，名贤花。四十来岁，刘海齐眉，鬓角的发丝往耳后扣，扎围裙，长相纯朴。这家店，我以前来过，但是吃的不是馄饨。不知道从哪一天起，"贤花馄饨"声名鹊起，成了网红店。我也逃不过亲口验证的好奇心，在冬天暮色四合、华灯初上的当口，点了一碗馄饨。这一点，就有了故事。

闲聊中，得知老板娘是马金人，和我是老乡。于是，土话便亲近了起来。马金人有个很大的优点，那就是一听到"马金话"，便分外感觉好，一下子就没有了适应感，立马进入新的握手模式。她也热情，彼时不忙，就在冰箱的角落头，四方桌前面的凳子上坐下，聊起关于美食的一些信息，滔滔不绝，自带进程。

她的公婆也是马金人，十几年前在马金街上开饭店，只炒菜，很少做小吃。那时，她在店里帮忙。老公是炒菜能手，她偶尔露两手。后来，店边上，马路边，摆了个小地摊，卖粉干、馄饨，吃饱喝足不过两三块钱，生意很好。她也寻思着把小吃做大，把口味做足。馄饨、饺子之类的是拿手的，有底气，也容易聚人气。

手工制作，全程亲自上阵。面粉以小麦粉主打，少许番薯粉混合，经擀、推、压、切，千揉百转，皮纤薄而富有弹性，似轻纱，也如薄雾。新鲜食材，里脊猪肉，细密软糯，刀起肉分，加以反复揉搅，更显紧致均匀。贤花说，包馄饨的手法是自创的，只可意会。拌馅也讲究，盐是调味的打底衫，它是除去肉腥味的撒手铜。一丁点儿的馅，躺在圆盘子里，拿筷子在肉糜堆里快速一蘸，如蜻蜓点水，就杵进手中的小馄饨皮里，仿佛只是为了点缀，然后一个涂抹，一个重捏，就成了妙龄女郎，楚楚动人。薄皮红肉，欲拒还迎，乖巧又快捷，像是晚归的孩子钻进白花花的被子，被包得严严实实，却也透出红艳艳的脸蛋来，是一见喜的心头好。

这是"贤花馄饨"的倾城美颜，有独具一格的小情思，也有永远自信的小创意，即使藏在深闺，成为一个未被探知的谜。

那天，她问我要吃大碗的，还是小碗的。我问，大碗几个馄饨。她说，二十个，十块钱。小碗呢，十二个，六块钱。我说，来个大碗的吧。天有点冷，外面下着雨呢。吃馄饨，热身。

她起身就往里面走，不一会儿，马上招呼我到锅里看。她说，这馄饨，一下锅就得捞起来。我见温婉的馄饨，一经沸水，任由滚烫的热浪拍打，胜似闲庭信步，皮不破，不到一分钟，就从热锅里起身。猪皮熬制的白色油层，被勺子刮出一块，放到碗里。葱、胡椒、干辣椒等尾随而来，浓郁的汤轻轻地托起每一只馄饨，就像泡泡一样，被吹满气，也像小灯笼，更像小帐篷，在水的衬托下，编织一段味蕾的记忆。

薄的皮，嫩的馅，轻盈的体态，鲜美的汤，白、黄、红、绿四色交融，油层泛起涟漪，入口爽滑而有劲道，热气和鲜味通往五脏六腑，化成不用脱口，却在心头大呼的一个"爽"字。

她说，从老家到县城，这个店几经辗转腾挪，也开了十年了，有很多都是铁粉。有的从读书吃到为人父母，有的"店搬人跟"，再远的路也赶来吃，认的就是那个不变的味。

她说，她把每一个进店的顾客当家人，会尽全力让他们吃得满意。她的店也会关门谢客，这是她给自己放的假。

她说，懂得生活，才懂得制作美食。

那天吃完馄饨，加了她的微信。后来，我问了她一些问题。她，发来了一些故事。我知道，她是一个讲究的人，要做就做最好。我知道，被人惦记的美食，充满了自豪感，拥有了众多回头客，才是真正的记忆中的美食。

那些如贤花一样的美食制作者，一颗匠心，薪火叠加，为"山水开化，膳待天下"注入源源不断、活色生香的味道。

马金炒饭

提到炒饭两字，在每个人的意识里，难免会加上一个"蛋"字。的确，蛋炒饭是炒饭里的主客，也是经典永恒的常客。很难想象，没有蛋的炒饭，无论是在称呼上还是在外观上，都会少点感觉。但，炒饭也会带给你想象的翅膀。

古往今来，人们对美食的追求孜孜不倦，正如对心灵富足的向往。

在老家马金，炒饭的生意也不会不热闹，人们对于炒饭的热情也高，口感上的轮回也更持久。这和地域有关，和家乡人的性格有关，也和食材、作料、佐餐有关。

马金地理位置突出，三边交界，与江西、安徽一带的交流频繁。马金人做事也勤快，早晨起得早，出工的，白天的时间跨度比较长，中饭吃得晚，早饭来碗蛋炒饭是常有的事儿。一来隔夜饭炒着香，二来农家里鸡蛋常有，鸡蛋配饭，实在，投香，提神，果腹，是开启元气满满一天的第一把钥匙。我老家霞山的小爷爷，今年九十六了，每天早上五点多雷打不动起床，到菜园地里忙活。回来后，吃个早饭。估计蛋炒饭占据了很大的比例。因为干活要出力，没有一碗饭下去，肚子里难免空落落的。所以，现在的长辈一级看我们这些80后、90后，在饭桌上都难免唠叨一通，才吃那么几口饭就饱了啊？以前我们上山砍柴的时候，要吃上一桶饭，所以叫"饭桶"。

有玩笑的小成分，但对应的食量是无假的。大道至简适用于人间万物，美食自然也在其中。蛋炒饭，很简单，人人都会做，越简单，却越不容易做好。早些年在听庾澄庆的《蛋炒饭》时，那种快节奏，那蛋打碗、勺碰碗的声音真的是声声入耳。所谓美食者不必是饕餮客，返璞归真，也是马金炒饭的本尊。

小时候，偶见父母在厨房里忙碌，娴熟地把蛋在碗沿边敲开，听筷子和碗头在叮叮当当地你言我语，就会冒出一连串奇怪的问题。是先炒蛋，还是先炒饭？是蛋包饭，还是饭包蛋？为什么可以分开炒，然后再混着炒？为什么还有把蛋和饭先拌匀后，再统一倒锅里炒的做法？

原来，这一切皆是来源于对传统的创新，对新鲜烹饪的尝试，以及实践后味蕾到心灵的高度认同。

马金炒饭之所以不能笼统地成为"马金蛋炒饭"，我想是炒饭的多元化和带给你的可能性。这种可能性，是体验感，也是存在感，更是食之快感。早稻丰收，新米上市。好吃的米饭也可以是头天晚上的剩饭。有冰箱的在冰箱里冻结，没冰箱的在乡下的低温里凝固小结，也是炒饭的好板型。紧凑的剩饭，包裹着蛋液下锅。蛋液顺着米粒流入锅中，一部分在油中滑成丝，在油温、火焰的加助下，不断翻腾，白色的米粒渐渐变成金黄色，颗粒饱满，越来越坚硬。

有些还在锅头里顽皮地跳跃，噼里啪啦作响。土鸡蛋色泽金黄，形如木樨，是犒劳身体的居家常备，一段段蒜苗或葱苗，则是亮眼的绿叶，如恩爱夫妻，举案齐眉，相敬如宾。快炒，加盐、少许醋，农家秘制酱，继而起锅，但见米粒饱满，观之油润，闻之喷香，嚼之弹性软糯，吃到舔盘，方才离盘。除了干体力活的，炒个蛋炒饭来去匆匆，美味留在路途回忆之外，也有偶寄的闲情。

这份闲情，在喧嚣忙碌的尘世当口，多见于市井，多见于看似寻常却充满人间烟火的灶头内外。在品尝一碗饭时，每个人都会有瞬间的"五味杂陈"之感。因为，饭里加的料是自己可以选择的。有些人喜欢加酸豇豆，有些人喜欢加甜萝卜，也有些人对红油辣椒爱不释手。《道德经》第十二章讲"五色令人目盲，五音令人耳聋，五味令人口爽"，指欲望多了易成反面，"口爽"者诸味杂陈，对纯正的味道反倒是一种伤损。这是道家的审美。可是，于芸芸众生而言，丰富性让人尝到多味，即使只在感观，却也是有味的。这并不妨碍一道菜本身的架构，内里的简约。

马金炒饭名虽不及扬州炒饭，里面的料多，工序多，炒作的师傅名气大，但也有讲究。马金这个地名，也有被外人称道的。坊间的广告是：北京天津，不如马金。马金米羹，马金炒饭，马金味道，被四海五湖飘荡的马金人说开传开，有了新的传送带，更快捷的播种机。马金炒饭，是食物链条里的重要一环。它是马金人从小吃到大的美味。也许对于不经常出门，或者没有到过扬州的马金人来说，一碗马金炒饭，是他们心中引以为豪的美食，这种美只是不足为外人道也，味道自知。关于地名的炒饭，是马金人的情感素描，马金炒饭其秉性如烹饪之初，直接，快速，火急火燎，马不停蹄。烹饪之末，周到而精细，该有的必须有，没有的也可以大胆尝试。这样的开放与包容，倒是与当地人的性格浑然对接。

饭里有蛋，也有酸菜、咸菜、腊肉、牛肉、虾仁、青菜秆、酸豇豆、萝卜条，活色生香，生机盎然。此外，还有辣椒酱、紫菜汤、卤豆腐等三大灵魂 CP 强势入驻，让你在一间小店流连，在一座小镇驻足，在一江春水脉脉含情。

这种停下来，慢下来，放下来，让一碗饭的香味更绵长，让一只蛋的咀嚼更有温度，让一次味蕾的体验更有层次，让风情小镇贴上蠢蠢欲动的风味美食标签。

春味难逃清明粒

又近清明。想来杜牧大人是个预言家，或是做过气象播报员，这一年的清明时节又是雨纷纷。

人们常说，唯有爱和美食不可辜负。可大多时候，我们总是辜负了爱。于是，美食成为另一个出口，聊以慰藉生活里的平庸琐碎。

春天，似乎等待了很久。山河大地，终于一片青绿。春来好时节，也是好食节，江南自是令人口舌生津之地。微风掠过，迫不及待勾起一些关于美食的记忆和回味。想当年乾隆帝六下江南，所到之处的民间小吃，皆是当下耳熟能详的心头挚爱。杭州小笼包，湖州周生记鸡爪，嘉兴的麦芽塌饼，台州的食饼筒，不一而足。但青团、清明粒之类估计他没吃过，因属时令之食。

吃青团，在苏浙沪一带实属普遍。这种用草头汁（一般为泥胡菜、艾蒿、鼠曲草）糅合糯米粉做成的糕团，色碧绵软。苏轼在《惠崇春江晚景》里写："竹外桃花三两枝，春江水暖鸭先知。蒌蒿满地芦芽短，正是河豚欲上时。"河豚的美味是大师要画的重点，但蒌蒿却被美食制作者拥入怀中，因为那是制作青团的上好材料。

清明节是少不了青团的。捣艾叶，溅艾汁，若是美人之举，更是一幅美好的图景，如张择端的《春景图》，看去有令人遐想的情境。如果说青团是人间四月天里的高级绿，那么清明粒就是典雅白，治愈系的白。它是青团的孪生妹妹，俏皮而又生动，像花季少女，纯洁如梦。

青团常有，清明粒不多，这是家乡开化引以为豪的地方。青团在这里叫清明，是艾草嫩叶之青，清明粒是糯米粉白之白，两者呼应可谓一清一白，清清白白，与清明应时节之景，寓意做人要清清白白，耳聪目明。

在开化，清明节吃清明粿和清明粒，就像广州人吃早茶、柳州人吃螺蛳粉、长沙人吃夜宵一样属于标配，忘不了，也不会忘，只会随着时间的推移而迭代升级，后浪推前浪。清明粒，最原始的叫法是清明泪，一说是清明思亲动情落泪，二说是美味使人想起泉下祖先，潸然泪下。不管怎么说，都说出了对已故之人的共情。清明粒是清明粿的衍生品，类似于"文创"，精美和匠心在颗粒之间。开化清明粿的历史悠久。它出现在东晋初年。据说，一千八百多年前，西晋"永嘉之祸"后，为避战乱，不少中原百姓纷纷南迁。偏安一隅，与世无争的开化成了他们的眼中宝。作为原先祭祀祖先的祭品，能顺着时间的河流一直传承下来，想来他们已经把骨子里的信仰留在了异乡的绿水青山和袅袅炊烟里。至于惯常的动作和如常的细腻手法，则是对食物，对过去的仪式感和虔诚的态度。后来，许是粿的容量太大，费时太多，偶尔被调皮的孩童或是妙龄女子提起，让米粿再做分解，切粒，摊开，掌心搓磨，用心揉转另一种形状，直通圆满。手心也渐渐有了亲自参与、形影不离的感情。当然，它的颜色也可以纯简一些，便有了小白粒的"清明粒"，可由自我掌控，又能投入单独的情感，完成的"作品"可以做个记号。小时候，家家户户的长辈会在子女儿孙的要求下，捏一个造型，得到满意的评价后再放入蒸笼屉，变成一颗颗童心的期待。后续的演绎是，在火的拥抱下，成就入嘴的欢娱，绵长又细腻，想来颇有回味感，因此，对女生的诱惑力更大，细腻的心思更能装下季节的婀娜。

清明处于仲春和暮春之交，四月清明，是上天的美意，天朗气清，追思怀远。而食物是通达古今、穿越时空的媒介。这里有手作的质朴，有往事的回味，也有春生秋茂，渺渺光阴的约定与意犹未尽。

开化清明粒，因地处闽浙赣三省交界，像一个人有了丰富的阅历，对于外来之客，也是开放包容，盛情满满的，脱离了对山里人的大多固有印象。这来自文化交融的自信，来自未曾改变的民间传统的追求。这追求，到底是因了一个情字。家人之情，友人之情，爱人之情，待客之情，继而被有心人提炼了时节之食的"四美"。那就是，开化食清明粒与祭祀、踏青、赏花并称为"清明四件套"。米碾碎后倒入沸水，煮熟后放大桌，用大力挪转团粉，数十次倒腾后分解成长条，截小段，搓小粒，在手掌心盘旋，成小微版汤圆状。儿时，家家户户总会提前把清明节来过，主妇们乐于吃食，清明粒是绕不开的花旦。三五围坐，说长道短，倒也不失一番乡村风味。时间的褒奖下，清明粒呼之欲出。烹饪前，用清水浸之，等待成就一段与时令相契合的味觉想象。青红辣椒、蒜苗、小青菜、小笋、腊肉皆可配，用新鲜猪油引锅，快火跳跃，微醋提色，酱油提香，亦可加土酱自成山野之辣，让人不禁拍案叫绝：一招鲜，吃遍天。也会让你静下心来，觉得好吃的原来不一定要贵。便宜的价格里，也有最饱满的幸福。

食物在某种意义上的情结，比城市之与人的依赖更重要，而人比食物更重要，他联造了这种纽带，让看似寻常的事物在寻常的轮回中变得不寻常。记得孔尚任的《桃花扇》中有云：三月三刘郎到了，携手儿下妆楼，桃花粥吃个饱。我想，对于清明粒，只须小尝一口，春天的味道便顿时溢满了舌尖。

春味难逃清明粒。因为，这是家乡的味道，开化的味道。

油煎馃

打下油煎馃三个字的时候，我咽了咽口水。每个人都贪吃，只要你想到吃，吃就是最大的人间诱惑。时间是下午三点钟，胃蠢蠢欲动的时刻。美食就是有这种魅力，因为它连接的是记忆，坚韧而温暖。

油煎馃，是土味的叫法，传入我的耳朵已经三十来年。它多在小巷街头，也在墙角旮旯。最早的记忆，是读初中时，校门口一字排开的摊点。卖零食的，卖水果的，卖小吃的，各有各的铁粉。卖油煎馃的摊位，对我的印象最深，诱惑力也最大。那时候的下午，总感觉特别漫长。四节课，到了第二节课，将近申时，肚子已咕咕叫。一对中年夫妇，在校门口上坡靠近右墙角的位置，雷打不动地站了几个春夏秋冬。夏天的时候，往往是两件白 T 恤，和摊子前摆放在铁丝篓里的黄黄的、油漉漉的油煎馃形成和谐的颜色差。到了全校都放完学，围拢着等着拿油煎馃的学生越来越多，他们的衣服上和脸上都是汗答答的一片。和早上我们最期待的包子不同，油煎馃的粉丝更多。原因很简单，早上大家到学校里都很匆忙，那时候被父母亲从床上拉起来极不情愿，还要吹着乡野的晨风，总有凉意。包子被放在小三轮车上，用布盖着，没有出锅时的热度，特别对于后买者。而油煎馃不一样，它像火锅，在架子上被炉火眷顾着，垂爱着，一不小心就成了人见人爱花见花开的含在嘴里捧在手心的心肝宝贝。只是，这宝贝毕竟要进入食道，经过胃的检阅，继而穿过五脏六腑，升华为心灵的至上感受，甚至对人产生片刻的惊奇领悟。

油煎馃，主要在于一个炸字。炸出来的东西，自有它的特殊味道。比如冷了的粽子，在回锅后，可能味道稍逊色于原味，但在热锅里放入热油，切长条，炸成两面金黄，煎成有一层白白的底子，就有了全新的期待。油煎馃自然也是这样，就像一个人，被煎熬过，才有可能换来美好的明天。扯远了，话得说回来，继续聊油煎馃的出世过程。

炸油煎馃有模子，铁皮罐剪开，敲平，再接上一个长长的柄就成了，有圆柱形和三角形两种形状，有点像打酱油的器具，也像打酒的长柄壶。豆腐和葱花是最佳拍档，小虾米和萝卜丝是贵客，酸菜和肉丁是味蕾期待。当然，和面是成就油煎馃的第一道工序。面不能多，也不能少。和水的配合，和上手的力道也要有商有量，搁些盐，成糊状。揉捏，拍打，再揉捏，再拍打，变成不黏不硬的白色团团，点起最初的欲望。

铁皮炉子支起，油锅架起，模具在油锅里预热，抹上一层油，用勺子舀入面糊，夹一些菜料，浇一层面糊，与端口持平，再沉入油锅去炸，快要成形时，轻微翻动，让内料不粘在模具上，同时又保持内壳与外壳的整体性。底下的油在滋滋地冒着声响，手里端着的模具轻轻地在油面上浮游，时而晃动一二，时而往上微抬，直至炸至外表金黄，用长长的一双筷子夹起，沥一沥油，在铁丝网兜里搁置两三分钟，便大功告成。

搪瓷盆里，是叮当作响的硬币声。浅黄的纸包上油煎馃，一路过去，便是一路的酥香。香味是热辣的，也是浓烈的，外脆里嫩，一口咬下去，仿佛嘴里的世界，是天底下最幸福的世外桃源。喜欢趁热吃的人，有趁热吃的美感。内馅热乎乎，吃了热乎乎。喜欢拎在手上一会儿，等着热量慢慢散去，表皮稍微变软，咬之，是唇齿之间的"Q弹"，这时候，里外都不烫，馅料可以细细地咬，外壳的香味也可以在一开一合之间变得更绵长，从鼻翼一直通到胃里，直至抵达心灵深处，滋生出说不出的幸福感。南瓜丝、酸菜、豆腐干等配料则像不同的人，咬下去的酥脆在不同的唇齿间流连忘返，有人喜欢掰开，有人喜欢抿咬一道小口子，有人喜欢从中间对半划开，分享对半的馋，再刷上一层辣椒酱，寻求边烫舌头边斯哈斯哈停不下来的刺激。

也许，生活大多数时候是寂静的，孤独的，无味的。食物，却给了它们短暂否定的眼神。这样的回忆也总在静下来的时候，被想起。即使没有原来的现场，但奶奶的微笑，父母的满足，以及品尝油煎馃的表情也一一对应起来了。像大地上有一面巨大的镜子，照着我们的过去，照着古老的村子里淳朴的人们，在守着那份等待的热情，在守着被别人需要的、简单的快乐，纯粹的美好。

如今，炸油煎馃的小摊在城市里已不常见。倒是在朋友圈里可以看到。看到之后，虽然有片刻的惊喜，但对于来自遥远的地方需要包裹而来的美食，似乎提不起多大的兴趣。

　　倒不如，散着步走在小镇的小巷弄堂或是车站的拐角处，才会惊喜地碰见。你可以站在摊主的面前，看着他的脸，看着他彼时的心情，周边陆陆续续有一些人凑上来，大家都耐心地等着。也许什么都不用说，也许偶尔寒暄几句，生活的那些苦就被缠绕的烟气给掩盖了。

　　我想，怀旧有一种无法言语的美妙，那熟悉的味道和纯朴的面庞，总会让你觉得时光不老，味道真好。

心上糕

每年农历七月，七夕一过，似乎是属于气糕的。它占据了开化人民味蕾近半个月的江湖，不依不饶，像一条美女蛇缠在舌尖上，软绵绵，白扑扑，夜里想，次日也想。

闽浙赣三省交界，"九山半水半分田"，气糕是开化人祈福的链条。链条的开端，是淳朴的乡音。乡音响应对祖先的思念，乡音画上对风调雨顺的蓝图。光绪年间的《开化县志》有关于气糕这样的记载："气糕，又名焙糕，早稻新米为材，七月十五发气糕，祭奠故人供品。"这样的定义，不用外界认定，对于开化人，有着骨子里的自信和期待。自信来自一方水土，三省交界，良田是企盼的原始单据，丰收则演变成实实在在的味蕾吸收。

每一个开化人，都有关于它的记忆。在开化民间，不少人还能念出一段和气糕有关的诗："仕途门生吃气糕，金銮殿里来上朝。寒门学子吃气糕，状元及第步步高。经商生意吃气糕，财源滚滚如海潮。老人小孩吃气糕，小的安康老寿高。"这样的传吟，无疑是无处不在、人人可感的宣传语，让气糕的愿景注入每一张平凡的餐桌。

它是萦绕心头的美味，更是挥之不去的乡愁。农历七月半中元节前后，乡村里便开始集中忙碌起来。而这种忙碌，是提前的准备，是后续的寄送。

水是气糕的主心骨。山泉水，是主妇可以自豪地选择之物，像一件法器，有它在，好味道就不会缺失。从记事起，爷爷就会在屋后往北一里来地的山坳里接泉水，提个小水桶，打上一套太极拳。他天天打卡，以至于这种低调被村民广而告之，成了一种羡慕和发自内心的向往。而，他的山泉水却成了家里人在制作气糕前，秤杆上的定盘星。

气糕与月色的关系不一般。月上柳梢头，"人约气糕前"。这个世界上，除了明月可以寄相思，还有气糕。早稻米是来时路，浸泡一晚后磨成粉，加水成米浆，稀浓之间是主妇们岁月的磨炼。干柴在灶膛里捅，间或被支起，像打靶归来的勇士。大锅内放水，上有米筛，再铺纱布，舀上发酵后的米浆，摊平，左右轮回，八方回旋，手上见乾坤。馅料加上，可随私心也可贴众人心，热度渐增，蒸汽徐来，气糕渐成，始见晶莹。在夜微凉，在秋缓缓归的当下，等待发气糕和品尝、分享气糕，是一件让人快乐的事。这件事，让你感动，让你回到旧时光。

那时候，我很小，跟着堂姐，不知何故，依了爷爷奶奶的嘱咐，挨家挨户"讨"过气糕。也许是为了讨个好兆头，也许想让生活蒸蒸日上，也许讨了气糕会沾喜气，也许已经忘了当时的也许。我和堂姐拿着小竹篮，走出自家大门，问邻居"讨气糕"。竹篮里有一块布，盖在竹篮的"弯桥"处。到了一家，口中念道：娘娘伯伯，气糕给我吃点。而娘娘伯伯，会立马走到自家的灶头前或厨房里的某处，把蒸了不久的气糕，用碟子或圆碗端出，一块块地轻轻地放到你的竹篮里。挨家挨户，看着一块块气糕相聚，饱满，有说不出的快感。

除此之外，我更怀念，睡到半夜，睁着蒙眬的双眼，摇摇晃晃走进厨房，品尝母亲用心做出的热气腾腾的气糕。配一碗大锅里熬好的稀饭，恍惚间听见邻居的厨房也蠢蠢欲动，世界仿佛一瞬间醒来，彼时的幸福，多年以后已难拥有。第二天，四面八方，会把自家做的气糕，以参展的姿态互相送达。尝尝我的气糕，有 kāng ke（当地土话，即虾米）的。尝尝我的气糕，有香干豆腐。尝尝我的气糕，有笋干肉丝……

气糕，在我幼小的心灵，是亲情，是乡情，是浓浓的思乡情怀。长大了，求学了，吃过类似于气糕的一些糕点，但味道总比不上那菱形的天地间释放出的无限美味。

它是辣的，是咸的，是多彩的，豆腐丝、咸菜、干豆、萝卜干、木耳，还有葱的清香，野菜的调味，带着泥土的醇厚。

我可以清晰地想起母亲用菜刀一手一手切下气糕的那般模样，我可以清晰地想起奶奶在灶头间指导她的媳妇，如何掌握火候，撒上拌菜的神情。一边是慈祥，一边是温情，但过程中的急躁我想也是有的，怕领悟太慢，手法太嫩，浆液太老。而我的心，一次次慢慢地融化在香脆松软、口齿生香的当下，没有失落过。

如今，除了农历七月半，吃气糕已不再难得，吃法也似乎更多元。这一部分是外地人的捧场，一个塑封，一辆快车，气糕的美味并没打上多少折扣。美食的开化，在经历了挑剔的外来提醒后，与开放包容更加熨帖，让你在某个瞬间，心里暖暖的。只要你愿意，在山城开化的每一处街角，稍加留意都会找到属于你想要的味道。而在城市的灯火阑珊或人潮涌动的转角，你都会不经意间看到熟悉的符号。甚至当你在回乡途中，进入高速服务区，眼皮想要垂下来的瞬间，这样的菱形符号却冲击了你的视野，像一根牙签撑起了你的双眼皮，眼前一亮，心口一动。它让你知道，故乡就在前方，家的味道爬上了心头。

LOGO 上缠绕的气息，便是气糕的气息。它告诉你，拥有气糕的日子，就像云端的日子，宁静而致远，简单而和谐。仿佛可以别无所求，仿佛可以回到你想要的曾经。人们常说，唯有爱和美食不可辜负。而气糕，会让你坐拥两者，拨动心弦，备感圆满，开启人生另一段征途。

心上糕，是气糕。在开化，总有一块气糕让你口齿生香。

买个烧饼去

　　《红楼梦》里见过烧饼两次，其意不寻常，名为"贴烧饼"。故事出现在第九回，金荣笑道："贴的好烧饼！你们都不买一个吃去？"这是金荣抓住秦钟和香怜说悄悄话，诬陷两人有鱼水之欢。又一回是第六十五回，那喜儿便说道："咱们今儿可要公公道道地贴一炉子烧饼。"这是贾珍和贾琏的几个小厮之间说的话。这也是粗话。上述两次看过了就看过，反映的无非也是当时社会的另一个细小缩影。正宗烧饼的记忆，来自《水浒传》，这是我看了又看，忍不住回头看的小说。印象较深，更有触动的是第二十三回的武大郎卖炊饼：假如你每日卖十扇笼炊饼，你从明日为始，只做五扇笼出去卖。这是在寒冬里为了生计，为了家中的美妇人，日日挑担而出，读后真是意犹未尽，一言难尽。所有想说的话都在潘金莲和西门庆勾搭，"三寸丁谷树皮"吃砒霜后而悄悄藏进袖子里，不想再露出只言片语，简直是无语了。

　　烧饼的记忆继续蔓延，是集烟卡，那时叫"卷烟券"。对象也是水浒一百单八将。小时候，父亲在江西做过木材生意。那里有个卷烟厂，叫玉兔卷烟厂，厂里的主打香烟就叫"玉兔"，烟盒的外壳就是一只可爱的兔子。它的内里，是烟民的最爱，也是我这个小收藏爱好者的最爱。里面的"香烟牌"是一百零八将，为了尽可能凑齐108张，我可是煞费苦心。最后，108张自然未能成功，但对水浒人物的大名小名，过往功绩，用的兵器，干的好事，都在心中留下了个大概。烧饼，也是在那个时候从故事的主干道延展出来的小道，但已经有足够的惊鸿一瞥的惊喜。

这样的惊喜，让我走到每一处有怀旧的地方，有旌旗招展的古巷酒肆，便有了莫名的亲切感。自己在彼时的某一刻，就变成了神行太保，变成了行者，变成了玉麒麟，变成了入云龙，在恍恍惚惚中端起酒杯，唤来店小二，上得牛肉，传来烧饼，构成了理想中的简单却不简单的"私宴"。只是后面在电视画面里，在字里行间，看到武大郎因为生计所迫，不懂风情，自己天天风吹日晒，美娇娘在某一日却耐不住寂寞，躺在西门庆的怀抱里，不免遗憾满满，陷入一种复杂的思考。在寻常之间，中国男人所承担的不该只是扛起生计，而恰当的风花雪月，不妨成为女娲补天的那块石头。

书里的世界不必太纠结，还是需要跳出来。就美食而言，还是回归到每个人的专属开心密码更好，单纯，有味，想起来都是满屏的开心。你得从记忆中抽出来，到现实里去找烧饼。往哪里去呢？往自己熟悉的现在或过往。在家乡的大街小巷，似乎都有理由值得穿梭。那种三弯四拐就有新发现的感觉，真的不错。一来是给平常的生活加点心意，二来是给自己的身体增加点动力。俗话说：人是铁，饭是钢。但点心就是心头的朱砂痣，点上了才安心。那些真正的觅食者，会毫不费力地找到烧饼，尝一口烧饼的快感。

　　回到家乡十几年，没少吃烧饼。家乡的烧饼，我把它叫作"故乡烧"。关于烧饼的记忆，是一口一口沿着岁月的长河走过来的。秋渐深，午后偶有热浪来袭，若逢胃口不佳，对一日三餐没什么要求。逢周末下午三四点钟，习惯性地想着到街上走走，买个烧饼。当点心，担主食，配稀饭，调胃口，都可胜任。有些烧饼摊，不知不觉地就记在了心里。老家古镇上有一家流动的烧饼摊，烤饼的师傅年龄同龄，买了多次之后，才知道是初中时的校友。他的脸很瘦，身子也瘦弱，摊位在老车站的右侧，和电力三轮车挨得很近，多年前离了婚，跟着母亲在对面的街上开了家小吃店。临近中午，他就出来练摊，在吃客的口中，他话不多，但喜欢插科打诨。他的双手，黄中带黑，还有浅浅的疤痕，我想这就是人间烟火色吧。

　　圆柱形的炉子、木板桌、小铁盆、铁钳子是烧饼摊的标配。生炉子，烧炭火，揉面，放拌料，粘合，打开，摊匀，成圆状，随后饼坯托在手掌上，顺向钻进炉壁，按实，拍两下，以确保粘牢。饼坯随着炉内的温度开始膨胀，烤饼师傅便凭着眼力和嗅觉判断出炉时间。顾客喜欢吃蓬松的，烤的时间会稍长，五六分钟之内。顾客喜欢吃软糯的，那三分钟左右就可以出炉。铁钳往炉膛一伸，顺着膛壁轻轻一撬，钳起饼落，然后用黄色的纸袋子兜着。拿到饼的人满心欢喜，闻着饼香，顾不上烫的热气，忍不住轻轻地咬上一口，让还在排队等着的人垂涎欲滴。

　　烤饼最豪迈的吃法还是得抓着吃，这才最有味。整个饼对折，再对翻，形成交叠的四分之一的圆。每咬上一口，资深吃货的牙齿都会经过饼的四层，便能吃出三层境界的味道来。有表层的热香，也有内层的菜香，更有简单平凡的心香。

想起在乡下上班的那段岁月，有时候晚饭来不及吃，又不想吃太多，只有烤饼是最佳选择。从办公室小跑下楼，赶到十字街头，叫老板来个烤饼，要辣的，放咸菜，软一点，不要烤得太老，哪怕有人在等，也花时不多，赶得上开会。微信扫码只要五块钱，可是拿着烧饼，一口口咬着的那种幸福感，却是花大价钱也买不到的。

烧饼，是一道充满世俗情调的民间风景。它属于大众，却停在寂寞的人流里，暖了川流不息的日子，无非对一个人来说，故乡的烧饼更值得去回忆，值得去歌颂。岁月最深情，难忘烧饼香。

小菜一碟最销魂

求人办事，很多人若无压力会马上应答一句：小菜一碟，包在我身上了。那是儿时就记住的口头禅，心想着"小菜一碟"究竟是哪些小菜啊。后来长大了才明白，每个人都有自己的那一碟小菜，可以是一个菜，也可以是多个菜。我们奔波于岁月长河，人间烟火必定是抚慰万千凡心的灵丹妙药。

那天在路上看到一个广告牌，上面写着：只有美食才能快乐。觉得挺有意思。想着这个老板还是有点情调的，把美食的弦外之音又提高了一个境界。

有句话说，唯有爱和美食不可辜负。可是成年人都知道，我们大多辜负了爱，所以美食成了不敢辜负的信仰，历经万难，也要苦苦追寻，初心不改。

小时候，听大人之间打招呼，第一句话总是：饭吃了吗？由此可见，一日三餐对国人的诱惑力有多大，文化的渗透力有多久远。越往深处想，越是觉得饮食里有大文章。吃完早饭想中饭，吃完中饭想晚饭，吃完晚饭想夜宵，其间夹杂着烧烤串串，烧饼煎馃，米羹饭团，粽子油条，还有惊鸿一瞥的各式小菜。长大以后，嘴巴挑剔了。请客吃饭，在家烧饭，鸡鸭鱼肉都提不起多大的新鲜感。满嘴流油之际，还是差那么一点儿惊喜，这种惊喜既在进食中，也在将饱时。这时候，也许只有自家做的、饭馆里附赠的、亲戚送来的小菜能担此重任，让人吞咽口水，满意而归。

　　我的口味较重，小时候就被母亲封为辣椒王子，菜园地里的辣椒我常常要去巡视，把辣椒放在菜篮子里是我最幸福的瞬间之一，把辣椒以各种形式装进我的脑海里，是我对吃的一种虔诚的态度，一种朴素的价值观。辣椒酱是绕不开的小菜，是眼中的当家花旦，这和大家心照不宣的老干妈有不谋而合的认同感。早餐吃包子，夹煎饺，拿一小圆碟，挑一两勺老板娘秘制的辣椒酱，往酱汁里一蘸一滚，美味便瞬间升了一级。不吃辣的人只能干瞪眼，光眼馋。当然，辣椒酱最大的魔力应该是它的无所不搭，就像 O 型血一样，充满了博爱精神。记得几年前在青海疗休养，同事带的辣椒酱被大家抢着吃，再吃不惯的饭菜，用它拌一拌，就成了支撑食欲的金箍棒，胃里的江湖便可平定。花生米是具有延时功能的下酒神器，它把饭局不知不觉拉长，却又招人待见，不是不速之客。不管是广告里把人说得心花怒放的"酒鬼花生"，还是所有的菜市场里都可以买到的大众版"花生米"，只要食客喊一声：来一碟花生米，几分钟后能端上来的，就是最好的下酒菜，最热情呼应的店小二了。去掉花生衣，进嘴嘎嘣脆，停不下来的是简单而永恒的一闻香。豆腐乳是人约黄昏后的限量版情人。它多出现在秋冬，和稀饭是最佳拍档，蜻蜓点水，纤纤玉手，两根筷子轻轻夹起，舐一小口，就得一大口稀饭陪着，直通通往食道里走一个轮回。香，咸，鲜，嫩，软，甜，都是它散发的。我十来岁那年，在姑姑家的厨房里，看见一碟豆腐乳，外表有红色的辣椒微粒覆盖，四方形的身材立在旺旺雪饼般大小的碟子里，花枝招展。那时候，我不能上桌。厨房是最大的安慰之地，姑妈知我意，用勺子切下一半，再浇上豆腐乳汁，我赶紧把它和饭甑里蒸出来的米饭搅拌起来，竟也吃得津津有味，对米香乳香有了咀嚼回味的快感，这快感一直伴随至今。还有不得不提的萝卜条。萝卜晒干，腌制，小拇指长，咬之弹脆，是拥有众多粉丝的下饭王，这些年里，七大姑八大姨都断断续续地送来瓶瓶罐罐，但是却未达到我心中的那个滋味。好歹今年夏天有幸，蛰居山间一民宿，厨娘乃深山妇人，受聘上山，一日早餐，竟端来萝卜条，古朴碗，似建盏，白条横卧，妙趣横生，赶紧拿出手机，留个念想。

对小菜充满如此热情的，肯定不在少数。这些饕餮，躲在家中，藏在民宿里，隐在寻常巷陌间，有的自得其乐，有的众乐乐，有的酒香不怕巷子深，有的酒香还在勤吆喝，几经口口相传，口味相同，小菜变成了让人流口水的非常味道了。

当然，放眼全国各地，我相信，每个人都有自己心中的美味小菜，贴的是家乡的标签，释放的是缕缕乡愁。就像文学大师汪曾祺说的那样："曾经沧海难为水，他乡咸鸭蛋，我实在是瞧不上。"对我来说，不管是他乡的小菜还是故乡的小菜，我都瞧得上，捧在手里，落进胃里，藏在记忆深处，每每想起便是只可意会不可言传的小确幸，大幸福。

口味在行走中经历，就像对一个人、一座城的依恋一样，因为各有千秋，便心生欢喜，万马奔腾。想念东北，便想起大冷天里豪爽的性格里藏着的细腻心思，那吃起来自带声响的荠菜疙瘩，和离我仅有几间办公室之隔的女同事一样，有着莫大的亲和力；怀念广西，便想起夏天里吃粥的情景，空心菜梗吃起来新鲜脆嫩，酸辣适口，成为骨子里最固执的最佳外援，怕的是再尝那一口要待到何时；回忆扬州，便想起宫廷御膳"三和四美"，鲜甜脆嫩，酱香扑鼻，如瘦西湖婉转清丽，别具一格。管不了诗词里的烟花三月，只有到达了，便是最值得回忆的江南。所有这些，想起来就让平淡的生活里多出了一些自我营造的美好，而这种自我营造是来自美食本身的力量。

有时候，我躺在床上睡不着，便会把那些年吃过的小菜搜刮出来，榨菜、豆腐干、炒豆、酱黄瓜、泡椒凤爪、腌辣椒、豇豆干，一一跳将出来，不曾落下。为了有沉浸式的表演，嘴巴跟着小吧唧一阵。运气好时，妻未入睡，猛拍我脸，我闪电坐起，直言盼着天亮早起，妻无语。只有我知道，食物就像爱人，它们记载了我过往岁月的酸甜苦辣，也折射了芸芸众生的人生百味。可以作文，便抵达了心中的香格里拉。

小菜一碟，回味悠长。也许只是个配角，但我相信，对这个世界上真正的吃货而言，没有小菜的饭局是遗憾的。

剥个碱水粽

白白糍筒美，青青米果新。衰迟重时节，薄少遍乡邻。城市花成幄，兰亭草作茵。极知欢意尽，强起伴游人。

很多年前，我在上面这首诗中，第一眼的感觉便聚焦在"糍筒"上，果不其然，它就是蜀人对粽子的雅称。后来，在循环往复的日子中，亲眼所见，亲口所尝，对粽子有了更多的了解。原来，粽子里也有一个个世界。端午，是它盛大的外衣，带着汨罗江的点点哀愁，勾起国与家的爱恨情仇。当然，纪念的人除了屈原，还有介子推、伍子胥、曹娥，惊奇的是时间与空间即使跨界，却在五月初五得到了高度统一，一路至今。

粽子，大江南北都是熟悉的，只是凑近了又有了生疏感。这种感觉就像看字，初看时是这个字，细看了反而不像。也像照镜子，初看自己长得还像自己，细看了原来也不忍直视。粽子的别名首先从《表异录》走来，"南史大官进裹蒸，今之角黍也"，因此取名裹蒸，接着也叫"不落荚"。《戒庵漫笔》有云：镇江医官张天民在湖广荣王府，端午赐食"不落荚"，即今之粽子。再往下走，叫法是

"白玉团"。这是陆游从元稹的诗"彩缕碧筠粽，香粳白玉堂"演化而来。陆游是名人，他顺口说了句"白白糍筒美"，就在"朋友圈"里传开了，后面大家也觉得这名儿好听，像一顶帽子戴在了后来通称叫"粽子"的头上。最后一个是"角黍"，受众和传播度都不广，属于小众派，但有历史的厚重感，从春秋时期走来，确切的时间至少比屈原多走了几百年。

就是这样一种食物，虽不是正统意义上的主食，但在岁月长河里抚慰了多少人的口腹之欲，进而撞击了骨子里的气节，让心灵得到了时时放心不下的苦思冥想。放不下的，最先开始的总是外在的欲望。那么多的众生，并不是每个人都会关心一个粽子的前世今生，就像我，吃过了那么多粽子，却对碱水粽备感陌生。

陌生是因为接触得少，或者说吃得少。当然，这个少字，总掺杂着原因。我从小到大，吃得最多的就是"菜粽"。菜，也简单。主要是酸菜，偶尔是咸菜。辅以简单的一丝腊肉丁，便是串联了十几年的美好记忆。如果说，童年的美好对人的一生至关重要的话，那我的美好，多半得感谢那些看似寻常却又不寻常的吃食。粽叶的手感、色感、清香感，总让我在那个瞬间觉得生活是那般美好。

锥形、秤锥形、菱角形、枕头形，茭叶、芦叶、竹叶、荷叶，甜、咸，赤豆、蜜枣、红枣、豆沙、咸蛋黄、虾仁，伴随着空间的转换，时间的推移，让我佩服于每个人对吃这件事都曾或一直未曾放弃过追求和努力。记得有一回，在一宗祠内，看到了关于宫内粽子的描述，画面感十足。前为《开元天宝遗事》："宫中每到端午节，造粉团角黍，贮于金盆中，以小角造弓子，纤妙可爱，架箭射盘中粉团，中者得食，盖粉团滑腻而难射也。都中盛于此戏。"这种代入感，对于今人往往只可遥想而鲜有其情致也。

所幸，生活会拐弯，顺带就把食物也拐了过来。人都不喜欢偏安一隅，一如对食物的挑战或是迎接。老家在北，西南有一桐花小镇。清明后，端午时，桐花一开始热烈，就像那里的人们开始为碱水粽忙碌。勤劳的天平不自觉地偏向各村的巧妇，她们的祖先是闽南人。移来的风，未变的俗，让这个地方有不俗的气质。第一眼见到它时，它是明艳艳的黄。这样的着装，在粽子界不多见，至少与我此前见过的有差异，有代沟。它的制作者告诉我，它的艺名叫碱水粽，土名唤作黄金粽。我立马便能领悟，它最爱的是土名。时光机器不会偷懒，它会告诉你，在有点遥远的东汉末年，闽南地区就有人以草木灰水浸泡黍米包成粽子。这份乡愁，传给了一个叫开化桐村的大片土地，它的桥梁是迁徙，它的命理是顺其自然，它的优点是传承中创新。说是小吃，但内里大有乾坤。这种像平衡阴阳的食物疗法，具有高级的科学性。碱水泡糯米，食之酸碱平行，可谓养生之大道，既躲过了庸常的果腹与油腻，又让一个粽子有了更内里的探究。

探究的是它的精髓——碱水。黄稻草是主料，也有用山茶油果壳。黄稻草原先农村里的人很熟悉，如今小一辈的人对它已较为陌生，稍微生得早一点的，在耳朵里有印象，在童年的记忆里有存单。大多数的人，偶尔在田间地头看到过几眼，但因为没有探究，便成了过眼云烟。话说回来，黄稻草洗净晒干后烧成草灰，倒在纱布上，再用滚烫的热水冲下，沥出的汁水，就是最原始的"碱水"。这是美食的造物主，所有的神奇都是它发出的江湖号令。一场看似悄无声息的武林大会，正在倒计时。糯米用碱水浸泡，时间必须一个晚上。一个晚上，对于主妇们来说可能是不想睡或有期待的。泡后的糯米略黄且黏，这是视觉和触觉的认同感。新鲜的粽皮、箬叶，是制作前的心头好。糯米洗净，沥水，倒碱水拌匀，待碱水被米粒吸收后，再倒入生油。竹箬用清水洗净浸泡在清水里，取竹箬两张，折拢成尖角斗形，放入糯米，再捞取两张竹箬插入尖角斗形粽的左右两边。两边竹箬先是向里折拢，再将前后竹箬向里折拢，裹包成四角相等，中间稍有隆起的长形五角米粽，用线绳从左到右扎牢。只见闽南后人随意切换手和线绳的频道，放松而自然。末了，再把粽子摇一摇。凭着经验，能听出方寸之间的道场。米粒会动，心满意足，放下粽子，继续下一个大致相通的动作和神态。方方正正、棱角分明，透着指日可待的烟火期待。

那是一时，也是一瞬，又像是一天，抑或是一世。于人生而言，美妙在一念之间，欲念在须臾之间，思想在少顷之时，刹那间，穿越了远方的人和现世的人，穿越了古老的文明和现代的文明，穿越了旧时的记忆和今朝的记忆，把原本不相干的人系在一起，像粽子上的线，缠缠绵绵，牵出了三生三世的缘，或许是十里桃花，或许是南柯一梦，却总是在味道之外，才下眉头，却上心头。

在时间的滋润下，碱水粽呼之欲出。蒸气缭绕，剥开外衣，色泽浅黄，晶莹剔透，蘸点白糖，咬一口，软糯清香，回味无穷。这是甜的分支和进化，让咸味被淡出视野，退场大批粉丝。而甜味，则抚慰了尘世间的种种平淡和看似放不下却轻如鸿毛的忧愁，让品尝之后众生多一些思考。思考的是来时路，思考的是为什么要出发，为什么要传承，抑或是再进一步的创新。

　　我恍惚中看见屈原向我招手，只是这招手的时间不长。后又摇头，低头的瞬间，是欲言又止的心事。他告诉我，他不需要被念念不忘，他需要的是对谷物本身的虔诚，如夏至以角黍祭祀祖先神灵的风俗生生不息，如尊崇听命于东晋范注《祠制》所欲抵达的阴阳相合，驱邪纳福，万世平安。

咬口麻糍粿

麻糍粿里有两个世界，一黑，一白。也许没有阴阳之分，却圆融了美食的一方世界。

对于甜食，我吃得很少。也许是打小就开始拒绝，或是在父辈甚至祖辈的影响下而维持的状态，记忆遥远，已不得而知，也不必细究。后来，爷爷告诉我，男孩子和女孩子不同，甜的东西要少吃，吃甜的对牙齿不好。牙齿不好，吃东西就没味道。但是，在众多的甜食里，最能想起最愿意品尝的最不曾忘记的，是麻糍粿。麻糍粿是啥玩意儿？说小了是小吃，说大了是果腹神器，最念念不忘的是它的年代感，以及往昔的情形，热烘烘的场面。

老家的老屋从祖辈始迁，爷爷是第一个接过接力棒的人。他拖儿带女在二十里外的村子安了家，是外姓，也是外客。不过，随着时间的推移，安居乐业在他身上蔓延开来，继而传递出子女的笑语欢声来。对麻糍粿的回想，在十来岁。被父母盯着做完作业，秋色渐凉。一种关于时令美食的灯火浮上心头，它的距离和老屋不过十来米，十来米的准确衡量是从堂前跨过院门，绕一个左拐，爬过邻居的围墙，停留在高高的石臼上。围墙一米多高，我和小伙伴斜着起冲，右脚一蹬，两手顺势一撑，基本上能一次性上去。我们的眼前是石臼，这个家伙，平时要么干旱，要么水淋淋的，但沉默寡言，像邻居家的爷爷，敦厚而沉静。也许石臼跟他有关，是他的父亲传给他的。抑或是，这样的石臼带着他们家族的印记，翻过了时光的墙，在他家里歇了脚。这脚一歇，便是几十年。我说的几十年，是关于石臼的完整记忆，它大抵和我的年龄相仿，却坚硬无比，顽强地承担起上天的风霜雨露。而我，只不过是在承受着属于自己的一方天地。

话说回来，石臼的主要使用者是他的儿子，他的二儿子。二儿子生性豪爽，声如洪钟，那些年里，每到半夜，他都会出去捉鱼，至于何时归来，只有第二天从邻居传给我的父母，然后塞进我的耳朵一点儿。我不知道是怎么记住的，只是对他那样的性格也好生羡慕。把话说到底，说透，说明白，不藏着掖着，不需要别人去想，但似乎昭示着某种主权或是内里的思想。我想，彼时，他是没有那么想的。这样的想法，完全是我对他的附加印象，或是夸大其词。但，麻糍粿却是一桩桩一捶捶打进了我的心上。

具体有什么节日，或是为了什么而庆祝，我实实在在地忘了。反正秋天走向深处的路口，乡里乡亲对温暖有了较为浓郁的期待。一来是农村里大家睡得早，二来是大家也迫切需要一个仪式，让吐槽或者交流变得更自然又亲切一点。于是，打麻糍就顺理成章地出现了。听闹奶说起过，麻糍在古代是祭祀的食点，和猪牛羊肉一样，摆在坟茔前头，只不过麻糍是素食，但从人通向九泉之下的境界，表达的情思却是相通的。当然，大多数的老百姓或由于年龄或由于本能的信息拒绝，并没有关心它从哪来，要到哪里去。

石臼是他们的宝贝。有了这个家伙，麻糍的美味仿佛就在眼前呼之欲出，像跳着舞的姑娘，即使转个身也留下了念想。邻居家的石臼到了被众人关注的时候。不是时刻，毕竟时间轴拉得更长。各家自认为的好糯米早就洗净，安静地在水中浸泡至饱胀状态。这样的状态，在制作者的眼里，也在心里。接着是将米沥干，放在饭甑内蒸熟。这样的场景我很熟悉，彼时母亲的饭甑是热乎乎的，灶膛里火势正旺，我时不时往里面添柴，烧火棍的前端两个叉子通红通红，我又激动又害怕。怕的是它是不是烧坏了，什么时候不再通透火红，恢复到原始的银灰。蒸熟的糯米，要在石臼内完成它的华丽变身。

变身需要两个人，通常一男一女，这样干活不累。圆柱形的木头捶子厚重实在，一般由长得五大三粗的汉子接管，高高举起，重重落下，让糯米的热气挥发在石臼的上空，继而传来周围的赞叹声和笑声。那是一种全新的期待，大块的米团经由最简单最原始的力量，让糯米赶赴另一场人生的约会。这约会，有人看着，有人帮衬着，也有人不时地激励着，就像一个人成功路上的一些重要因素。边上有装水的脸盆，女的是副手，负责点水搅拌。她的动作是配合在男人抡起的木捶落下之后，把底下的糯米翻上来，把木捶子上的粘着的糯米分解物掰扯下来，用水摸洗干净但又不至于湿漉漉。如此一来，下一次捶子下去就变得心无旁骛了。我们蹲着，站着，挤着，趴着，黄色的灯泡是临时拉来的，但却敞亮得很，有一千瓦。灯光下的每个人都是那么自在，好像生活并没有给他们心事，白天的忙碌只是身体上的出征，至于是否获得奖赏或是收获了多少身外之物，并不是他们的追求。打麻糍，吃麻糍，是闯入心灵的每年的生生不息的期待。

　　一捶捶打在石臼内糯米的集中场，举起，落下，凹进去，浮上来，又凹下去，一块块米变成一粒粒米，一粒粒米变成一整团的黏糊状。这样的黏糊，如果给它一种颜色，是白加灰。白色是糯米的原始质地，灰色是木捶和石臼连接、拥吻、融合的过程，演绎的画面。人们的往事在那些看似寻常的瞬间被打捞起，又像鞭炮被点燃，乡下的夜空在嗒嗒嗒嗒的撞击声中不想入睡，睁着眼睛，扑朔又迷离，性感又坚毅。这性感，就如无数次的挥舞，脸上的汗珠，额头的汗珠，臂膀的汗珠，以及爽快的汉子脱去外衣，打赤膊的性感。那是一种豪放的美。在很多时候，我们不曾遇见，或者遇见了也未曾说出口。与之对应的女人，也一样。她默契地配合着他，如天作之合，无声却有声，将大地上的阴阳调和得无比舒适，流进每个人的眼窝子、心窝子。

　　月色在记忆中是新鲜的，如同刚出锅的包子，馋气逼人。没有月色的时候，打麻糍的声音就是乡下最好的音乐。在我心中，它和新闻联播的开头一样，让人心潮澎湃。不同的是，打麻糍又软又黏，像麦芽糖黏着牙齿，甜蜜感十足，既满足了年长者的少年心，也满足了年幼者的成长心。如果说，成长是个动词的话。那被感动，应该是个形容词。它的媒介是麻糍，热热的最好，烫烫的显调皮，凉凉的体现低调，满足的都是凡尘俗世里的最简单的慰藉。犹记得，邻居摘一块没有糖蘸的麻糍粿扔给围在捣臼边的狗吃，狗一口咬住后粘住上下颚，汪汪大叫，满地打滚，众人哭笑不得。有一点无奈，却像是命中注定。挡不住的诱惑，付出的是无伤大雅的尴尬。

麻糍在家乡，多称麻糍粿。在江浙一带，麻糍还曾与婚事和房事有关。寓意是嫁娶前的祝福，婚后糯滋滋、甜丝丝。后者多在沿海，暗喻男女间的珠联璧合，天地轮转。叫法也有叫麻团、麻球、麻糕、麻圈的。大抵都是麻的拓展版，结尾是圆满的形状。这符合中国人的传统审美和价值取向，麻的是过程，因为有黑芝麻的加入，麻的是感觉，点点黑状在口腔内翻滚交织，便成了交替的麻。滚得多了，翻动的机会多了，幸福感的味道专属就是甜，满足了嘴巴，也满足了内心。

麻糍粿趁热吃最好。芝麻和白糖是最佳配角，用一小碟子摊开，拉扯长，滚上，香甜可口，柔嫩润滑，不腻不噎等字眼便不得不跳将出来，让人顿时有了关于美食与人生的灵感。

做梦一样的日子，慢慢踏上中年的月台，恍如隔世。有一天，突然想起往昔岁月里的石臼。我知道，我找不到它了，它在旧房换新房里消失，它在年轻人出走他乡时归于寂寞，也在老一辈花白的头发里闪烁了那些年坚定的眼。就像有些远去的亲近之人，唏嘘之余也是诸多无奈。岁月往前走，每件事物都在走向衰老，只能退而求其次，在网上找了记忆的归宿，味蕾的原产地，付了钱，等待短信的提醒，童年的味道。

我知道，人生苦短，只能往前走。在路上，我们总得自己找点甜。

chapter

03

▼

丙 卷

七 星 台

红尘味道 *Hong Chen Wei Dao*

绵延不绝
味味相生
穿越山海
隐世高人
如梦似幻
仰望遐思
七星串珠
金木水火土日月
星星在星星的怀里
山在山的头顶

拌饭有灵

冷空气来了，秋天通往深处，食物成为制造温暖的通行证。黄昏后，入睡前，时光拉长，万物归宁，对一碗饭有了全新的认知。这是一碗心中的饭，它的组成部分是多元的，就如同多元的人，多元的家乡，多元的精神世界。

袁枚在《随园食单》有云：饭者，百味之本。对于大多数人来说，无论是请客吃饭，还是居家饮食，如果没吃上米饭，就相当于那一顿没有吃，心里便略有忐忑，自感空虚。

对于晚饭，我素来不讲究，进食甚少，出乎很多人的意料。对一碗饭的记忆，情感的天平都往午饭倾斜了，而最幸福的收藏竟来自拌饭。

读小学的时候，奶奶的厨房是天花板一样的存在。厨房里有木柜，下层放碗，上层放菜。橱柜是太爷爷做的，四扇边门分别写着四个字，有一两个字已经模糊不清了。深秋初冬，头天晚上吃过的鱼冻，是我最惦记的。奶奶的青花瓷盘比一般人家里的略大，一条鱼躺在里面，经过一夜静放，像冰冻的湖面，透出浅橙的光。只是，这光来自鱼身与鱼汤的融合，月老是低温。有好菜的时候，奶奶会叫我到她的厨房去吃。我比较怕爷爷，明明是想着多夹点，却又本能地不去动筷，奶奶见状，过来夹上几大筷子装在我碗里，说小孩子就不用上桌了，我便默契地出了门去，回到自家的厨房。可是，第二天中午过后，我就惦记着那鱼冻了。奶奶打开柜子，端出盘子，用汤勺贴着盘边轻轻挑起，顺势滑向内里，然后将鱼翻身，"鱼冻"成圆盘，似蘑菇。米饭过了正点，虽然从保温的电饭锅里捞出，但显然热情不够。我打开热水瓶盖，浇上滚烫的开水，浸泡一分钟，便滤去水分，米饭便又饱满剔透起来。鱼冻入碗，遇热化开，米饭慢慢地披上一层浅黄的油汁，幸福感便瞬间绽放开来。这样的感觉，如果是一个人在场，会情不自禁地嘴角上扬，随着时间的沉默推进，会不自觉地觉得人生在那一个瞬间好幸福，值得永久停留下去。

读初中的时候，对同学老妈做的梅干菜扣肉垂涎不已，小尝不解渴，便用饭票跟他换。他吃腻了梅干菜，我吃腻了食堂菜，两个各取所需，兴奋不已。下课铃一响，从食堂的蒸屉找到刻有自己名字的铝饭盒，便匆匆往宿舍里赶。掏出钥匙，打开长方形的小箱子，取出搪瓷碗装着的梅干菜扣肉，往饭盒里舀上几勺，吃一口饭，拌一口菜。到了最后，干脆把饭压成粒，梅干菜伴着猪肉的油汁浇上，认真地搅拌、搅拌，感觉自己在搅拌半个宇宙。

从那以后，对吃饭这件事，我是既讲究又不讲究。讲究的是，吃的菜不一定要多好多贵，但一定要下饭，而下饭的特点一定要鲜明，要有个性。要么酸，要么辣，要么咸，要么鲜，要么咸加鲜。酸的如酸菜，无论是点缀干辣椒单炒，还是加点豆腐粒爆炒，都是怎一个爽字了得。咸的如豆腐乳，硬中带软，软中带硬，都是至味，拌着瓶中的那些芝麻油，往米饭里一浇，口水就从喉咙里呼之欲出了。

鲜的除了鱼冻，还有猪冻和鸡冻。土猪肉太香，成冻后黑黄相间，放到饭里，是猪油拌饭的另一种神仙演绎，块块成形，妙不可言。鸡冻也有异曲同工之妙，只是化开后略带甜意，如果觉得味道淡，可以用辣椒酱升级，自然也能到达味蕾的光明顶。还有不得不提的是，最让人期待，勾人食欲的青菜豆腐汤拌饭。土锅土灶，喜事开路，家乡马金的青菜豆腐在翻腾，成为一桌好菜的封神之作。那热腾腾的豆腐，软绵绵的青菜，猪油掺和下的汤汁世界，放在谁的碗里，都是食欲的挑逗王，生活的解压丸。好吃吗？太好吃了，吃饱了还想撑着吃。

这样的感觉，这样的回味，我看过父亲，看过母亲，看过儿时的小伙伴，也看过不经意间的路人甲乙丙丁，他们在那一刻，是和我异体同神的，穿越了说不清、道不明的辗转起伏，汇聚了一念之间的卿卿我我。

小舌尖，大回味。人生，也是一碗又一碗的命运拌饭，在光阴里煎炒烹炸炖，一道菜、一碗汤，都能拌出自己的味道。

好姜上蟠桃

    大学刚毕业，最初是在家乡实习。在那之前，对县城颇感陌生，只在儿时的记忆里跟着父亲和爷爷来过几次。父亲是带我到县城参加作文比赛，顺道买文具；爷爷是工作在县城，带我买眼镜。鲜有的几次穿行在县城的大街上，我是拘谨的，像刚出嫁的姑娘"回门"，一下子没回过神来。陌生的街景和差异化的整体感觉，让求学归来、意欲扎根开化的我，徘徊不定。

    有时候扎根是有得失心的，当时不识庐山真面目，只缘身在此山中。时光不能倒流，你预测不了未来，正如你不知道某些抉择是不是正确的。抉择是举棋不定，是徘徊。徘徊的是，究竟是留下，还是往外面的世界走。那时候，脑子里蹦出来的字眼是：父母在，不远游。这六个字，之于我的理解是，在自己老家上班，可以经常回家看看，似乎也更有亲切感。城市的钢筋水泥，让我有一种受冷落的距离感。生于乡土，长于乡土，浑身上下都带着土味。城市的车水马龙，只是偶尔喷一喷的空气清新剂，不能常用，也不适合常留恋。况且，我知道自己的骨子里习惯于处江湖之远，即使有试想居庙堂之高的忧思。单位可以称得上是老牌的地方"名企",进的门槛不低,但牵来牵去都有熟络的瓜藤缠绕,这种缠绕是被理解和接纳的人情味。

一次,在一小饭馆吃饭。主菜是鱼,乳白色的鱼汤里有几片微黄的薄姜片,顿时让香味进入鼻腔,有了不同平时的敏感。因为,大多数时候,印象中的家烧鱼,本地人放紫苏是固定搭配,放生姜的有,但非强求。我问,怎么这鱼这么香。同事回答,这少不了生姜的功劳。见我凝神,她继续说下去。这个姜,比一般的姜都好,叫蟠姜,是城边蟠桃山产的姜,李时珍的《本草纲目》里也有记载。于是,在往后的日子里,我便默默地对蟠桃山这个地方,渐渐关注起来。

蟠桃山,第一感觉便连上了《西游记》的麦。偷蟠桃,长生不老,延年益寿,即使路漫漫其修远兮,世人亦上下而求索。这是几千年来,上至帝王将相,下至俗子布衣追求的道。而我也在本邑的乡民中,辗转听到关于蟠桃山的故事。故事很简单,像康熙下江南寻美食,也像朱元璋赐名"龙顶茶",有个万能公式,放之四海而皆可传。说是孙悟空大闹蟠桃会后,盗了仙丹、仙桃、仙酒,醉醺醺返回花果山时,不小心从布袋中滚下蟠桃一只,落在这座山中间,后来这座山就叫作蟠桃山。我们在感谢齐天大圣的"回洞"之路,精选了江南秘境——钱江源这条线路之余,也为蟠桃山自己的地理位置争气而点赞。在县城的版图上,它在龙潭之东,对面是钟山,海拔310米,岩壁峭立,山顶平旷,左侧峻岭岩尧,右侧清流瀑布,中恰有一小山包,形似蟠桃。这便是它们之间的缘分了,磁场也对应，就像一个人和另外一个人，互相看着顺眼，总有冥冥之中的感应。

　　我在某个夏天，终于闯入了那片土地。两三人在车子里沿着上山公路盘旋，弯弯曲曲像每个人面对的曲曲折折的人生选择。时间不用长，目的地就能到达。十几分钟，之前的想象便拥抱了眼前的现实。朋友说，这次先开车，下次可以走龙潭那边的游步道，野趣更足一点儿。我从车窗望着外面的风景，迫不及待地下了车。脚踏实地，心就踏实了。我喜欢这种有点海拔的小山上的氛围感，仿佛人被升高了，视野放宽了，心境也随之提升，抛去了往常的细枝末节，斤斤计较。取而代之的是，对良田美池、蓝天白云的关注和倾情，自然地也能生出"桃花源"般的向往。蟠桃山自然是有桃花的，桃之夭夭我没亲眼所见。我见到的是白云悠悠，流水潺潺。村庄栖居山顶，如闲云野鹤，与看得见的看不见的万物和谐共生。路上走，秋天的太阳是刺眼的，也是温柔的。刺眼，是因为没有高楼遮挡，每个坐北朝南的居所，都是开放的，敞亮的，通透的，悠然的，阳光也入村随俗，不拐弯抹角，大大方方地给房顶的黑瓦，面上的黄墙一道道热辣的光，一股股暗暗升腾的热量。这样的光和热，暖了蟠桃山民的心窝，尽管心窝也在午后打起了盹儿，但这并不影响他们的生活状态。外面来人了，他们的表情还是和早上一样。偶尔的几声狗叫，只不过是代表了狗的惊觉和上着它的班而已。

　　我们不是去找姜，而是对产好物的这块土地和土地上的人好奇。同事说了类似的话，在我脑海里稍微过滤后，我做了修饰。我觉得，这话有哲理。毕竟，从现实的角度出发，当时生姜还没成熟。外人所说的"蟠姜"，在农户小心翼翼守护的库存里，就像孙悟空口袋里的那只蟠桃，舍不得卖，一般也不会卖。午后的阳光斜斜地照着远处的山坡，黄与黄交错，呈现出另一种明暗。这份明媚把我带进了《开化县志》，里面有关于"蟠姜"的认定：冬日收置阁上，用微火烘之，来年三月取其母姜之有芽者掘地尺余种之，夏日以苇干遮之，八月新姜又可采食，老姜入药最良，产蟠桃山者尤胜。在记忆深处，我们总有一些与地方风物密不可分的情绪，这种情绪在与文字相遇时才更有意义，只是太多的人容易陷入生活的简单重复，而忘了要打起精神去寻找那些身外之物。蟠桃山的姜，我想，也孤寂过吧，像沉默不语的山峦和悠悠而过的白云。尽管它离城区不远，但显然没有被挖深，在车流滚滚之外没有一把锄头年复一年，不舍昼夜地去挖掘过，用清水淘洗过，用布擦干，包起来，装起来，送出去。

　　缓过神来的时候，阳光又斜了一点儿。几个人走着，不经意就在一家农房前停留下来。门口是路，门口也是院子。男主人端着茶杯，慢悠悠地喝着茶。旁边有位妇人，想必是他的内人。两张长木凳，油漆过的紫红，上面放一张案板，透着鲜嫩的黄。这样的黄，看得出女主人的勤劳，只不过在水的浸润下，经过手和心的眷顾，又多了一些跳动的痕迹。我们在他们面前停下来。姜就在案板上，入眼是如雨后洗过的清新，一刀刀，一丝丝，她在为腌制生姜准备着，每一道工序都舍不得把目光移开，旁若无人这个成语似乎是从她身上发明的。红辣椒，黄白姜丝，塑料小罐里不是"小葫芦饼干"，而是半桶白糖。她说，加几勺白糖，生姜的味道更鲜美，储存时间也更长。生姜的腌制短平快，100个小时之内就能成形。想吃的人，很快就能得到满足。她口中不紧不慢的线索，被我们用心搜集，储存。我突然想到，那些在县城大小餐馆里偶尔遇见的瓶瓶罐罐，"腌制"系列里的腌生姜，其风味原产地多半是蟠桃山的姜，此地也配得上挑剔的开化人的嘴巴。

它有文化底蕴，从明代一路走来；它有好的出生地，夏季凉爽，砂壤性土质，有机物含量多；它也有好的外形，丰满而热烈；它更有好的口感，筋少肉嫩，辛辣适中，香味浓郁。烧鱼，少不了它。做拌料，也是养生佳品，调味神器。"晨吃三片姜，赛过人参汤"，是它千百年来经久不衰的广告语。而煎制姜糖水，除了从爬雪山过草地的峥嵘岁月里走来，其还具有清表解毒、健胃驱寒的作用，民间更是一致把它当作一剂良药。

山里人，像蟠桃山一样的山里人，我相信在这个世界上有很多。换地、轮作、说姜、品姜、送姜，绘就了一幅生动的生姜文化画卷。生姜是大自然给淳朴的蟠桃山居民最好的馈赠，蟠桃山人从不缺席。它们一块块、一片片、一年年，随着它们的主人，它们的孕育地，走出山里，通往山外。带给人身体上的动力，更带给人因宁静而久远的臣服和思考。

这两年，蟠桃山在指尖的日子更多一些。俗常的日子里，被牵挂的要牵挂的东西太多，自己会给自己一些理由藏起来，关上门去。对周边的景致倒是忽略了不少，就像每一个忽视了身边美景的人一样。蟠桃山的山、水、田、园，在朋友圈里依然夺人眼球，种的瓜，上的菜，一碗清水，都藏着那份恬淡，那份悠然，那份超脱。

　　有些遇见，是突然的。或许有一天，当你翻开《本草纲目》时，李时珍所述的"㨪唇㺯"，便是开化蟠桃山生姜的真身。懂的人早就懂了，不懂的人也还来得及去弄懂。你不用疑惑，它就是生姜中的爱马仕，引你来开化，寻味蟠桃山。

来点腌辣椒

纷，纷，纷，纷，纷，纷。

惟落花委地无言兮，化作泥尘；

寂，寂，寂，寂，寂，寂。

何春光长逝不归兮，永绝消息。

忆春风之日暄，芳菲菲以争妍；

既乘荣以发秀，倏节易而时迁。

春残，览落红之辞枝兮，伤花事其阑珊；

已矣！春秋其代序以递嬗兮，俯念迟暮。

荣枯不须臾，盛衰有常数！

人生之浮华若朝露兮，泉壤兴衰；

朱华易消歇，青春不再来！

　　我在摊开的一本书中的第 172 页看到这首《落花》，许是缘分。

缘分在于，如第二眼美女，被弘一法师的告诫，对时间有了更迫切的感受和吸引。这也让我对刚从饭店里瞥见的那盘腌辣椒，有了落笔为安的冲动。我知道，人生苦短不在于单一的感受，它渗透在生活的方方面面。很多事情，你现在不去做，以后也不一定会去做。

腌辣椒和我的遇见，也并不经常。从小，家里面做得并不多。父母也不是执着于美食的人，他们随遇而安，顺其自然的生活态度，对我的影响想必等同于润物无声。我不排斥那样的传承，但美食的憾意或多或少在似水年华里起起伏伏。时序的表现为，食物在乡里乡亲远房亲戚市井小巷异乡异旅产生了小惊喜、小感触、小诱惑、小期待，继而生发出后来的小回忆。这样的回忆，也幸好能有浮生半日闲。如果没有这样的前提条件，所有的曾经或触发都只是一笑而过，不会以熟悉的形式让不熟悉的人看见。

尽管这样的看见不容易，需要经年累月地付出。就像看一本书，其实是在翻越一座山。一座山的思想，一座山的厚度，一座山的累积，一座山的土壤，一座山的性格。翻动时，你似乎成了另一个你，如此不可思议。

腌辣椒的性格，整体上是豪爽的。豪爽如山东大汉，好客，干脆，不藏着掖着。直乎乎地展现在你面前，既是玉体横陈，也是五体投地。当然，它没有屈服谁，表现的是大大方方的自信，这种自信从哪儿来，也许往简单了说是见惯了世面，经历得多了，看得开了，像一个通透的人。但是不了解的人，并看不出这种性格，正如对一个人的了解，也需要时间的过滤和沉淀。

也许有人会问：开化人会吃辣吗？事实上是，开化的吃辣和地域有关。作为三省交界地，从江西和安徽往来的人不少，江西人爱吃辣也会吃辣。安徽人，虽说不上爱吃辣，但也不排斥辣。况且，在开化的腹地周边多是古朴纯净之地，因躲避战乱，因独处幽篁，因养生修心，不一而足。加之古镇古村古味一直萦绕，于是乎对于腌辣椒这种需要慢下来才能成就其的美味，自然是最佳的孕育地。

在饭馆里，你听得多的或许是那一句简单的发问：有没有辣椒酱？而在乡下的酒席宴坐里，腌辣椒倒是来客最大的期待。记得那一年，我还算得上年轻力盛，去一个古村里吃喜酒，是一个好朋友结婚。当地的民风淳朴，婚嫁风俗热闹。那一套套的流程，和书中记载的程序无差，但在现场却是不一样的氛围。时至晌午，众人都饿得前胸贴后背，馋虫将从喉咙里一一爬出。幸好，一道道菜马不停蹄地上来，小小的八仙桌上便好似真的来了各路神仙，蓝采和、何仙姑、汉钟离、铁拐李，四面聚齐，桌子立马变得兴奋起来。土豆腐、木耳炒肉片、牛肉萝卜丝、猪蹄髈、猪肝炒辣椒、土馒头、桂圆莲子羹、汤瓶鸡、土猪肉、清水小龙虾、炊粉肉，一道接一道，在紫红的托盘里被迫不及待地上桌，桌上的人主动把双手凑过去，提早默契地接过美味佳肴，那幸福的表情和心里的滋味，想必和就座的都是相同的。他们知道，每个人的苦恼和琐碎并不一样，但此刻的快乐是值得纪念的相同。

数着数着，黄闪闪的玉米饼上来了。哦，好像还差一道菜。桌上的酒在召唤，花生米是有的，缺的又是啥？原来，是光溜溜青油油抑或是红彤彤的腌辣椒。它从山区的高山上来，阳光充足，辣味可保证。秋天是它的主战场，层层叠叠的绿色植株被挂上青、挂上半青不红、挂上红，那一个鲜润，近视眼也能看进眼里，瞧个清楚，喜在心头。当然，吃酒席的人并不在乎，辣椒从哪里来，怎么做出来。因为大多数的山里人，对辣椒太熟悉不过。它们或许被他们一路带大，长成近在锅头的期待。或许在耳濡目染里，伴着四季更迭的滋味。当一双双筷子被拿起时，旋转吃进嘴里的，粘上嘴巴的，掠过舌尖的，无非是一些瞬间的感觉。但在这样的感觉之外，为了把一顿饭延长，把人和人之间的对话拉伸，总得另外一些刺激。这种刺激既可以掩盖表情，不能促进话匣子的打开，甚至会让自己本能地把鲜为人知的一面释放出来，和酒混在一起，产生妙语连珠，抵达至诚至善的境界。

这样的媒介，在一张怀旧的桌子上，非腌辣椒莫属。花生米是副手，不一定每个人都会去咬上一口。但腌辣椒不一样，平日里多是男人的绕不开，彼时此刻也是女人们的心头好。阴和阳，天和地，男人和女人，有时候是交替的，阴的另一面是阳，阴柔的阴，阳刚的阳，平淡的味，浓烈的味，芸芸众生都可以接受，都可以承受，都希望借着某种特定的时空而分泌不一样的东西出来。

这便是真性情。真性情得像一团火被点燃。这燃料就是腌辣椒。它从瓶瓶罐罐、大缸小缸、大碗小碗里走来，有旧的味道，也有新的加盟，它本该成为妇人们麻利绑成的一串串，在风的鼓舞下撩动欲望。它本该被温柔相待，慢慢分解，化整为块，化块为粒，化粒为入口的绵长和回味，如目送一位故人踏上月台，依依惜别。可是，没有如果。青就青吧，红就红吧。视觉都能接受。主角还是那个处处可见、历史悠久的辣椒，少不了的辣椒。辅料是姜和蒜。姜和蒜是好东西，是"五菜"里的哼哈二将，有了它们的助力，腌辣椒这三个字便有了底气，有傲视群雄，独领风骚的自豪感。它走的不是寻常路，走的是老子的"大道至简"。一把刀，切碎，放入姜丝、蒜片、盐、白醋，不过四五十个小时，也就是寻常的日升月落一两天，就有了新鲜的呈现。这是做法其一。不用刀，放姜丝、蒜片、盐和白醋，往瓦罐瓮瓶里，进入隐秘的另一个世界，不见天日，自然发酵，时间洗礼，揭盖溢出的是另一种香气。想吃了，捞几只辣椒，顺势倒点卤水，小碟子一放，小筷子一蘸，小嘴儿一贴，味道就来了。口腔里咯吱咯吱，挠动你胃口的痒痒，停不下来，也不想停下来。周围要有人，看了也心慌。慌的是，自己也想来一口。毕竟，他的道行没那么深，抵挡不了这人间看似简单的诱惑。一口口咬着，心里的热气就升腾开来，继而转化为喋喋不休的说辞。就一口酒，眼前是明亮世界，管他人间的喜怒无常，自己倒成了掌管生死的阎王爷。往日里的不快，统统在一口一口的交替中，幻化成了另一种豪迈。

当生活的某个热情尘埃落定时，辣也在寻找它的来时路。来来往往，纵横交错间，也许开化的每一个腌辣椒都是在用尽全力生活，它们和你的性格那么像，和你的故事那么像，和你的感悟那么像。

酸荞头

　　我偶尔会想，人生哪有百味啊。一桌酒席，不过酸甜苦辣咸五种味道而已。酸甜苦辣咸是主味，其他诸如涩、鲜、辛、臭、麻，都是旁支，不是名门正派。若要举办武林大会，酸甜苦辣咸是居于东南西北中的，但不能忽视了旁边穿插的那些其他味道。其他味道，是江南七怪，也是玄冥二老，又或是六扇门的窥伺，各有其职。每种味道既可以独立存在，又能相互交织。有时候苦并非真的苦，它可以带来回甘或清凉。这往远了说是"看山不是山，看山还是山"的境界。

　　中国人，对酸还是有很高的认同度的。从俗常里的"酸儿辣女"可见一斑，自有道理。我也在高铁站的候车大厅，无数次看到"人生百味，不如酸菜开胃"的诱惑，于是一次次安静落座，抛开种种牵挂，只为求得片刻的爽快。辣能抵达爽，酸也能抵达爽，有波澜的味道才能激起味蕾的一场场奔赴。一日三餐，一年千次地重复，难免单调，于是对食物变化的期待自然而然化作每天的恍惚之思，刹那之思，执念之思，难舍之思。

　　我国西南地区的口味复杂，各味齐全，以辣、酸、鲜三味最为突出。侗族有"三天不吃酸，头晕打转转"的民谣，侗人甚至连祭祀都用酸品，其社祭的"三酸祭"就是典型的一例。当逛遍大江南北，又好美食的一位老兄跟我讲起这样的民俗缩影时，我不由得对"味道"一词又加深了一层虔诚，同时也披上了一层心甘情愿地臣服外衣。

　　或者说我们对这个世界了解得还是太少。哪怕就从看似简单的"吃"字，蔓延开来，已是一个庞大的系统，如神经交错，枝繁叶茂，随便拉出一根，都是令人惊奇的。就像干涸的土层下面，往深了去挖，一定有可以挖、对得起挖的"收获"，尽管这样的实现不是对所有人都感到有意义。

　　我对酸的记忆，比较早。要说时间的话，也是三十年前的事儿了。都说三十年河东三十年河西，三十年前爱上酸，三十年后爱依然，便是对我的简单总结。酸，第一口来自酸菜。酸菜的好搭档是豆腐干。酸菜，母亲会做，姑姑会做，奶奶也会做。街坊邻居都会做。制作的技艺像河里的水一样自然。冬天了，水位低一点，甚至干涸。春天了，水位升高，有春水初生，春林初盛，春风十里的愉悦。

　　稍长一些，便在饭盒里装上酸菜豆干，带到住校的寝室里，小心翼翼地放在柜架上的木箱里，那是每位同学都有的专属，箱子里放米，放饭盒，也放牙杯牙膏，偶尔放点零钱和随身携带的心爱之物。再往后，酸的概念被拉长。爱整点小酒的爷爷，在我每个周末回家时，都能看到他坐在八仙桌的上横头，右边一瓶高粱烧，眼前几个小菜，而小碟子里的酸荞头是那么出众，伴随着嘴巴里发出的咯嗒咯嗒声，而让人忍不住凑近。白中带黄，晶莹剔透，红辣椒片子点缀其间，形如观音的玉净瓶，婀娜身段，透着忍不住靠近的极致美。那时，爷爷已戒了烟，嘴巴一张一合之间，看得出牙口还不错，荞头在唇齿间上下，倒是有一番后来忘不了的画面感。

奶奶是家里的"师太"，但没有灭绝二字作为前缀，她没有把腌荞头的技艺灭绝掉。虽说不上毫无保留地传授，但由于做法并不复杂，母亲也轻松地上手了，享受的主对象自然是我爸，其次是三个舅舅，那可是娘家的亲兄弟。叶子和根分离，根是荞头的全覆盖。荞头剥好，清洗两到三遍，通风晾干。加入适量食盐，加点辣椒，放入冰糖，切入姜片，加点泡椒水，抓拌均匀后，直接装进瓶子里，装满后用手压紧，密封储存，腌制半个月以上就可以吃了。

有些人喜欢制作美食，喜欢分享，自己不一定多品尝。显然，以奶奶为代表的在我认知的女性概念里，她们落落大方，把美食当成另一种爱传递，月老不是天上下凡而来，而是自己的巧手，玲珑心。比方说，我的爷爷，总喜欢在厨房里抿点小酒，印象较深的灵魂 CP 就是花生米和酸荞头。他说，吃饭吃菜不需要太讲究，吃得就是个不紧不慢的心情。看着他一个人独酌，我往往会抽身而去。玻璃罐头、竹筷子、小勺子、平头、微白胡子，柴房里坐着的奶奶，他们成城墙状的折角构成一幅安静的油画。画面里，爷爷说着往事，像屋后的山风吹过那么平常。聆听的奶奶，永远是观众和听众，时不时应和，让延续变成了顺理成章。他和她都不会忘记，在往昔岁月里的摸爬滚打，一边是突然地离开，一去生死未卜，杳无音信；

一边是义无反顾，舍生忘死，都是未知的，都是勇敢的，都是懂得彼此的。那时候，她的孩子还小，大的带小的，小的陪着大的，一个女人家的不容易可想而知。旧桌子上的那双筷子还在，偶尔被她拿出来，放在熟悉的位置，摆上碗。邻居及更远的邻居说，她的男人有可能死在了战场上。从样貌、衣服、说话的方式以及透露的一些信息，都那么接近触动心灵上的伤疤的感觉，这让她有点慌。她在家里搜索找点好东西，托人问问话。他是她心上的石头，也是定海神针。现在则是十五只吊桶，七上八下。

　　除了带点钱，带点酒，她不知怎的就带上了酸荞头。这种小菜，除了招引她的男人，并没有太多的他意。只是，在她的心口，总希望有一种召唤，因为若能收到对食物的反馈，便是对对方下落的某种落袋之安。她用在巷口、大会堂、偶尔翻书学来的几个字，在煤油灯下，生硬地握着笔，一支湖笔，写下了对他的思念。她相信，他一定还活着。这算是一封信，折叠成"飞机"，拖老乡的老乡寄去了当时赶赴的战场方向。

　　前方的战事仍有，烟火传递不了千里，可思念重重叠叠，在午夜梦回，让人百感交集。一天天地等待，寒暑交替，花开花落。她的孩子慢慢长大，甚至帮着去河滩捡石头，准备用母亲瘦削的手，去垒一口小小的炉灶。她没事的时候，又开始做酸荞头了。拉长的日子，酸荞头似乎更酸了。她做的时候，感觉到厨房里的醋瓶倒了下来，在地上敲碎，似乎敲碎了她的心。她做的时候，感觉到鼻子也是酸酸的，不经意间眼泪就在眼眶里打转，儿子进门来，她慌忙用围兜支起的长角，揉捏成细小的凸起，低头顺手一抹，又回到了某种常态下的若无其事。她做的时候，他的脸浮现在她的眼前，像是一场对话，又像是梦里的呢喃，她一晃神，竟感觉到门外有人悄悄进来，像以前的以前那样，揽着她的腰，给她一种侠骨也有柔情，英雄也成宠物的惊喜，酸中带甜辗转来到了她的身边。

　　一天，那个村子里的"顺风耳"来了。看表情，挺高兴。她招呼他到家里，搬了藤椅，泡上茶。他说，人找到了，还在的。她不敢问，是死是活。看她的样子，"顺风耳"不想让她纠结不定，心如蛇绕。他说，你家男人还在战场上呢，战役一场场胜了，他还成了步兵小队长。没等她开口，他又接着说，捎去的酸荞头也收到了。部队里不让喝酒，他闻着那股酸味就知足了。家里的娃，辛苦你照顾。到时候，他会回来找你的。你得等着，作为军人家属，觉悟要高。

　　她转身，对他说，你等一会儿……这是我新做的酸荞头，这瓶你拿去，现在我儿子和女儿都抢着吃。家里那口子要想吃，就得他自己回来了。

猪头肉

　　书写过的地方，便是我的故乡。看到这句话，我心动了。不是身动，而是心动。身动的方向在千里之外，受制于案牍之劳形和琐碎俗常，只存在于怦然一刻的意念。我知道，这只是一种感觉。

　　依赖强大的记忆功能，我感恩于时光赋予的纪念意义。他乡即故乡，我们往往会有天马行空的联想，串联起曾经的世界和现在的世界，投影出我们的处世态度和人生哲学。那一年，是很多年前。当时的我好像没有很多牵绊。没有成家，也没有立业，修身这件事似乎在路上一直在做。当然，也没有对未来产生太多的恐惧，那时的我一定想过，如果人生能够简单一点，从容一点，快乐一点，也是挺好的。这种挺好，得超过很多人的内心和外在的投射，有了自己的保护膜、防护层、金钟罩和铁布衫。除非以后的以后，随着年龄的增长，记忆恍惚消失，不然的话，那说走能走、四海为家的短暂的快乐，也是无数人艳羡的快乐崇拜。

　　目的地是一个叫长治的地方，这是山西的地盘。这里我以前没来过，要来过也只是跟着电视机的屏幕来过。进入山西，"醋坛子"

的味越来越浓。不大不小的城市，让我着实喜欢。陌生的环境，换来的是自由的心情。白天去跑业务，晚上回到车站附近的小旅馆看电视，看书。日子过得有一种不被人追赶的幸福。家中的父母在我看来还算年轻，因为有一道墙立在那里，那就是爷爷奶奶。爷爷奶奶也是一幅画，看过了山山水水的画，彼时却以自己的姿态在人世间笑看他们眼中的风云。我喜欢一个人，一个人在异地，更能感受到属于异地的真正味道，也只有一个人，才能将当时当地的感悟化为以后可以常常想起的六脉神剑。

如果说白天的味道是忙着东奔西走，去看市场，去追光，那么晚上的味道，便是去寻找城市里的烟火味，看看一方水土里的一方人。看到他乡的人，便想起了故乡的人。场地不同，对猪头肉的情感，我想是无差别地对待。味道和仪式感相连。猪、鸡、狗、牛、羊、马，被称为"六畜"自然有它的道理。作为"六畜"之首的猪，"首上之首"更是一路受青睐。猪和农家人没有违和感，看着亲切，即使在餐桌上，也没有凄凉之感。它们知道自己的命数，就像人们被自然感受到的快乐。猪头在古时献给上天祈求顺遂，仪式结束后分食，让参与祭祀的人得到祈求而来的福气。制作的人却饱含辛苦之味，如果不是出于热爱，或是被习惯了的赞许和期待加持，这种循环往复的匠心并不是每个人都可以坦然接受并不断精进。精心需要被记录，像珍惜的文物一样，被镌刻在心。

家乡的匠人在民间，是沉默的高手，姓啥名啥鲜为人知，一般人也不会问。他们在山坳里，在巷陌里，在菜市场，也在擦肩而过的相遇里。天色将晚，木和火即将完成转换。柴火燃起火光，泉水和浸洗过的新鲜猪头碰面了,葱姜蒜如群众演员,随时待命。铁锅永远都是守时的,因为它是固定的。火让水抵达87摄氏度左右,猪头逐渐沁润,一场美味的框架露出端倪。这样的美味,老师傅说,有很多外在的功劳。比如说,是一把刀。铁匠铺里取新刀,是手艺人的人生之喜,它是漫长岁月中找寻到的最佳形态。我想起来了,山西长治的帽子刀。师傅在卖猪头肉的时候,一脸自豪,顺便吹起了点牛皮。两头翘起的帽子刀,斜切入肉,一片片薄如蝉翼的云彩片,便从整块肉上剥离出来,酱色的猪皮,嫩红的瘦肉,晶莹剔透,摊主说,回家用上葱花蒜泥黄瓜佐以香醋,调制拌匀,即可享用。后来,我某天无意间突发奇想,在网上搜罗猪头肉,竟也有拌料配发,产地也有去过的那个地方的身影。

　　在乡言乡,家乡的猪头肉估计没有那么讲究。只是对于个体来说,其用心的程度是不相上下的。就像两个学生,一个学得慢,但领悟得快;一个学得快,但浮在表面。从单位分值上说,不应该厚此薄彼。快有快的好,慢也有慢的妙。开化人过农历年,杀年猪,煮猪头,祭拜祖宗,祈福安康,这成了约定俗成的一年之事。仪式是大事,吃事也是大事。腌腊猪头、白萝卜、干红辣椒、蒜苗、葱段。来路是腌制过的猪头洗净,皮朝上放入大锅中,加入水,加上盖,煮两小时左右。取出猪头,剔去骨头,切成薄片,装盘,上桌的理由有了。添彩的是萝卜的加盟,冬吃萝卜如吃人参,养生的功效自不在话下。随意切块,放入滚猪头的汤,慢火煮酥,等待和猪头肉的混合。混合的桥梁是火候和时间,火要足,锅要八成热,汤还是要原来的汤,原班人马,齐聚一堂,不能掉队。

　　猪鼻子、猪舌头、猪耳朵，都是猪头肉的分支表述。猪头肉叫着简洁，三个字可以是吆喝声，也可以是心底对馋味的呼唤声。刚出锅的猪头肉，热腾腾，汤漉漉，油光光，下筷子，直取那半肥带瘦，满口裕腮，嚼它个嘴角淌油，腮帮子喷香。三五块过后，再来一口钟爱的近身老酒，吱溜一声，飞流直下，便是人生的忘情水，现世的解忧药，当下的逍遥丸，一款家常美味就这样叩开了多半庸俗的人生百态之门。谁都会在冬天期待，谁都会在饭馆里期待，谁都会在宴席上期待，谁都会看见一盘猪头肉而口舌立马生津。掰完的猪头，第一时间被切分，体现的不仅是味蕾演化的忠实记录，更是一家人团圆融合、散聚无常的形态固守。你和我，都希望经由这道美食，让年更值得回味，相处的意义超过时间的飞轮海。

　　这样的美味，这样的意境，古人早已领教，并有了更高的境界。文人是代言人，推广大使。猪头，多用来骂人，但多半调侃，当不得真，大多数人也不会当真。不当真了，才好玩。野猪贪吃贪睡，哼哼唧唧，乱拱乱嗅，脏兮兮，不灵光。金代诗人元好问曾写诗声讨，"长牙短喙食不休，过处一抹无禾头"，这个践踏庄稼的贪婪祸首，恨不得嚼巴嚼巴吃了它。虽然是野猪，但这首诗无疑框定了作为"猪"以后的命运走向，或是美食文化上的一道符号的先知之能。还有《金瓶梅》里的西门庆，和把兄弟应伯爵、谢希大吃猪头卤面，各取浇卤倾上蒜醋，三扒两咽就是一碗。倒也是，猪头是肥、瘦肉的天作之合，皮层厚、韧劲足、有味道，成了百姓打牙祭的美食。肉质糍糯，豆渣酥香，吃上一口记上一年！想来倒也快活，不能通往却能让资深吃货有身临其境之感。

　　拉回自我的描述空间，记忆里会固执地认为，猪头肉上不了大席面，可是在吃货的世界里，也是有门派的。猪头肉配酒，和花生米配酒，和鸭头鸭掌配酒，都有固定的粉丝群，他们各自在某个夜的主场喊着麦，扭动着心灵狂欢的身体。原来，只是你不懂，只是你见得少，猪头肉的世界也很广阔。苏东坡讲过一个故事：宋朝的安国军节度王金斌平蜀，饥肠辘辘，在一村寺遇见一僧。这个僧人狂傲应对，送他一份蒸猪头，吟诗道："蒸处已将蕉叶裹，熟时兼用杏浆浇。红鲜雅称金盘荐，香软真堪玉箸挑。"怪不得苏东坡把它录在《仇池笔记》里不懈研发，甚至创出"东坡蒸猪头"。这个文人里面开发美食最成功的潇洒客，不仅有超脱的人生观，还有在美食里悟出的种种道、种种可道未道的玄妙。

　　猪头烂熟双鱼鲜，豆沙甘松米饵圆。家乡的猪头肉，被称为"吉祥福相"。猪多喜庆啊，《春光灿烂猪八戒》里的朱逢春，一脸灿烂，不畏艰难，收获了事业和家庭的双丰收，羡煞旁人。也让很多男观众知道，也许只有快乐的男人可以给女人带来快乐。但是，对于女人来说，除了快乐，真正能让她们爱上的男人，或许是让她们忧伤、哭泣的男人。话扯远了，还是回到猪头肉上面来。也许相由心生，食客可在美食中观自在。美食甚至能暂时堵住"灶王爷"的嘴，却很难让循环往复的追崇停下创新的步伐、升级的眼光。

　　猪头肉，你可以在每一次出发和停留间对比。但在开化，你有心寻它，定会合不上嘴。

干菜六月豆

　　豆子从小就吃得多，因为自家种的，不花钱，舍得吃。那时候不叫豆子，叫大豆。当然，那时候不知道的还有关于大豆的种类。七豆八豆，装满了欢快的童年。童年里，记忆深刻的除了当时的伙伴，还有当时的美食。

　　干菜六月豆，就是一曲绕不过的欢乐颂。豆子的经典搭配，在我眼里有两样。一样是黄豆炖猪脚。之所以把黄豆摆在前面，充当前缀，是因为黄豆在一个锅里面，占得比重要大，最好像一碗面里的"浇头"，盖过黄黄的腊猪蹄。另外一样，就是干菜六月豆，每当去亲戚家做客，或是在厨房里，看到父亲或母亲撸起袖子，握着菜铲子，眼睛直勾勾地盯着一口大锅，手腕有节奏地以各种角度去翻炒六月豆时，心里的快感就像听到放学铃声的学生，不言而喻，唯我独乐。

　　喜欢干菜六月豆的理由有很多种，用一种"物以稀为贵"的说辞也可以解释。家里的田地不多，父母也不是勤快的人。种六月豆，算是体现勤劳朴素的一个佐证。六月豆种在离家几里路的小山坞里，在我们当地算是移民来的物种。移民的主角是新安江人，他们当时因造水库而浩荡赶来，完全阐释了舍小家为大家的移民精神。来的时候，还带来了很多好习惯、好传统、好技术，好的生活方式。

按父亲的话说，他们种豆是极其用心的。祖祖辈辈种，在六月情有独钟。六月豆既是一个品种，也是一截时间概念上的思乡截图。他们不仅吃豆，还喜欢吃六月豆榨出的油。大豆油用来炒菜，大豆和辣椒做成豆瓣酱。豆饼用来做农作物的肥料。在那个年代，经济拮据的人家也用豆油点灯，他们笑称那才是屋子里的"星星点灯"。

这样的传统，体现了大地上的人们对土地的感情，对作物的感情，对付出渴望回报的感情。那段时光，谁也没有想到距今已经半个多世纪。就像那时的我，也不知道为什么总认为种庄稼很容易，种菜很容易，种豆子更是没正眼看过。总认为，豆子在田埂边，不争不抢，安之若素，有风来，就呼吸风。有雨来，就吐纳雨。有雷电来，就脉脉含情。这样的六月豆，终归是会成就一道道简单却不简单的农家菜。

它们的生长是随性的，自然的，不挑剔的。常规的种植在清明节前一个星期，常规的空间在房前屋后的空地上，后来拓展到远处的菜园地里，或某一日心血来潮开疆拓土的荒山野地。这是一位又一位农民得出的结论，他们的贪心并非贪心，而是对一颗颗豆子的爱。爱就得有爱称，叫六月豆。历经两个月许，六月豆成熟了，满筐满箩是视觉上的冲击，金黄色的光泽好似一道道佛光，照出农人坚守不渝的虔诚。

话说回来，六月豆在时间的浸泡下，架起了移民人与本地人沟通的纽带。技艺的传授，体现在美味的道道相传上。父亲和母亲，只不过是辗转得之、体验之的一名普通食客而已。因为自己种了豆，因为家人爱吃豆，六月豆就在季节里绽放，热情如火，低调如金。我能想象，它们在一场又一场的春雨里撑开的芽。我也能想象，松土除草，撒石灰杀虫，这些也是六月豆成长的套路。豆秆黄了，豆荚黄了，豆叶黄了，父亲出发了。一小担一小担挑回家，一丛丛一丛丛晒到家门口的水泥地上，白灰的地面，立体的豆架子。火辣辣的日头把豆荚炙裂，拿出"法宝"。那应该叫连枷吧，朝豆秆噼啪噼啪敲打起来，过程像极了体操运动员的 360° 回旋。打一遍，再打一遍，豆子落在水泥地上，捡拾掉黄豆秆，筛去豆子里的碎石子、杂草。剩下的工序还是要靠太阳来催化，暴晒是祖胸露乳的性感，等到豆子晒干了，晒瘪了，才有进粮柜储藏的入场券。

这些闲言碎语似乎都不再重要，尤其是在时间面前。可是回忆里的味道却很重要，尤其是当这些回忆不被抹去，便有了它珍贵的道理。想起《社戏》里的画面：鲁迅先生小时候跟小伙伴们搭船去邻村看社戏，夜半船过六一公公的蚕豆地，岸上的田里，乌油油的都是结实的罗汉豆（蚕豆），勾起了肚子里的馋虫，于是，几个毛孩子去六一公公家地里偷了一大捧，剥豆的剥豆，找柴的找柴，生火的生火，煮好后"用手撮着吃"。这种清水煮蚕豆能让鲁迅先生念念不忘，除了因为蚕豆的新鲜，还有满满儿时的记忆。

蚕豆和我的关系不大，我没必要提起它，更何况我又不是鲁迅。我在乎的是记忆里的六月豆。皮色嫩黄，豆瓣晶莹，颗粒饱满，如珠似玉是不同人对它的美称，而我则认为这些都应该收入所有人的赞美声中。只要你品尝过，只要你遇见过就应该品尝。品尝前的画面是这样的，如果你没能目睹制作现场，那不妨跟着文字的足迹走走看看，继而用心体会。这是一道叫作干菜六月豆的菜，是我童年美食专辑里的主打歌。原料还是两种，主料和辅料。主料自然是六月豆和梅干菜。六月豆因了时节才能有，梅干菜可以从旧时光中走来，冬天来也可，在夏天与六月豆在阳光下会合，在一口锅里交织缠绵。盐、料酒、蒜苗排在后面。画面中，多半是母亲，将六月豆放入锅中用文火炒煮，生火的人出现频率最高的是父亲，再将豆子放入冷水中浸泡。20分钟左右，便是豆子在冷水中的旅程。锅内放入菜籽油，将泡好的豆子放入锅中煸炒，梅干菜在最后登场，姗姗来迟，但并不妨碍它的惊艳。和调料，意味着一道菜的收工。梅干菜的咸味在不久前盐的忘情投入中，豆香在鼻尖不由自主地抽动中，如山雨欲来，如天光云影，如昨日重现，如南柯一梦，妙不可言的直觉钻进脑海，钻进平凡的人世间。对于你来说，谁也不能给它戴上一顶"家常小菜"的帽子，谁也不知道除了降脂降压，带给人快乐才是食物最大的功效。尽管很平凡，太平常，却在一如既往地坚守着自己的使命，不为寻常所动。这本身就是一种伟大。它不管你经历了什么，对待你的态度还是鲜活如昨，不曾忘记，不曾嫌弃，也不曾抛弃。所有的王侯将相、凡夫俗子都能在一口口的交换中品出自己的味道，想起恍惚如烟的昨天，似曾相识的昨天。

　　长大以后，我很多时候都被细节感动。这样的感动，让我忘记时间的无情，忘记自己的肉身也曾沾满了欲望和徘徊不定，忘记了在复杂之外总有人在追寻简单。在忘记和记得之间，我知道，在纷繁的食物世界里，我也同样逃不开被某个细节感动的命理。

　　有时候，它只是一个菜名。有时候，只是一张图片。有时候，就在不经意的眼眸里。眼眸里，是熟悉的小菜。它在一方碟子里，让两种朴素联结在一起，就像这世间所有的短暂的美好，也在岁月中慢慢老去。

　　那就忘记本身，让干菜回归干菜，让六月豆回归六月豆，过好当下，且将六月豆拌干菜吧……

桐村鹅肝

人的欲望很多，吃是最基本的。五谷杂粮，即使会干扰你的身体，但依然躲不开它的勾引。在每天的光阴流转中，它会时不时地骚动你的心，让你对庸常的生活作个交代，同时以填充胃口的形式继续一天的行程。

家乡是个小地方，但是从美食的地图来说，都是暗藏高手。像一些偏门的美食，却有很多人偷偷地打卡，只是我不知道罢了。不知道的原因是很多种的，主要和自己久坐有关。上班时久坐，为了梳理工作上的事项以及参加一些会议。这是不确定的。坐，是一种常态。不落座，不能以一颗相对安静下来的心去做事。不安静，事情就达不到自己的预期。下班时，也容易久坐。放不下看孩子的作业，放不下想看自己想看的书，码自己的文字，诸如此类，时间便匆匆而过。

一只鹅有着怎样的故事？如果不是从过往的文字里搜索，我还不知道对"鹅肝"还没有表达过爱意。没有付诸笔端，总感觉少了点东西在我的"食单"里。鹅肝对我来说是陌生的，陌生感在于我只吃了一次，而且当时的我并没有很大的兴趣。或者说，没有期待后实现了的满足感。等到时过境迁，偶尔想起，才发现，那一片片鹅肝还是有地域风情，还是带着不一样的味道的。这样的感觉，来自时间的反差，阅历的提升，口味的微妙变化。正如，有好多东西，你并不一定能常常回头，拥有更是难上加难。美食，自然也在这样的圈内，被施了魔法的圈内。

吃过的地方在一个村子里，在为数不多的农家里。作为一种美食，它不像街头的小馆子一样可以复制，这说明这一食物的稀缺性，或者说美食的制作者和传承人不多，很多是独门绝技，或是食材稀缺，一家独有。这样的鹅肝有名称，叫桐村鹅肝。在开化，我思来想去，如果要给鹅肝加上一个前缀的话，桐村自然是最佳选择。关键是，加上了其他地方的人也会服气。华埠人同意，杨林人不反对，何田人也举手赞成。这就行了。

我在以前的文字里提到过桐村，主打的美食是"三层楼"，这是闽南人的风味。闽南人还是有他们的特点的。福建我去过，去过的城市也不少，整体的感觉是环境和人都很清新，所以高铁上的宣传片头是：福往福来，清新福建。

桐村因桐花而得名，离江西紫湖镇很近。周边的人想要到三清山，打桐村过是一个很好的选项，这个选项大家也会主动去选，就像选择题里的"C"，在不知道答题的情况下，我以前多这么选。后来，没想到成功的概率相对更大，所以后来的后来有个词就叫"C位"。有点偏离导航了，言归正言。

鹅肝，出名的在裴源村。这是它的"C位"。我不知道裴源姓裴

的多不多，只知道一个村名有时候会有阴错阳差，就像一个美丽的
女人，你以为她的眼睛是真诚的，但她的心却欺骗了你。在开化这
座城，15个乡镇，255个行政村，很多年前的行政范围概念里还有
上千个散落的小村落，它们被叫作自然村。自然村大多稀奇，里面
的奥妙也多，像一本本无字天书。其中名字对不上号的也有很多。
像严村姓严的有多少，姜坞姓姜的有多少，徐家村姓徐的有多少，
就很难讲了。而裴源，估计在很久之前是有姓裴的来过，故事的发
展往往是有人看了此处觉得风水极佳，适合繁衍生息，便安居于此。

　　鹅肝取自鹅身，和鸡爪取自鸡身一样。鹅的身上全是宝，鹅头、
鹅翅、鹅杂、鹅掌、鹅腿，样样有用处。对鹅的记忆是在那首全国
人民都知道的古诗里："鹅鹅鹅，曲项向天歌。白毛浮绿水，红掌拨
清波。"在面对一道关于"鹅肝"的美食之前，我想念的还是猪肝。
这样的对比，让新尝试的领域有了一个很好的托词。就像梁山好汉
当年的起义，如果没有"替天行道"的大旗扛着，很多草莽是没有
服帖的心的。我喜欢把鹅肝和猪肝进行对比。鹅肝陌生猪肝太熟悉。
新鲜的猪肝适合爆炒，卤过的猪肝我们这边叫"铁肝"，因为特别
硬，特别有嚼劲，特别考验牙齿，经过特别的付出味道才更特别。
鹅肝的地道做法在乡民的土灶前，顶级大厨不是家庭主妇，而是话
不多的男人。这不是一只普通的鹅。它从欧洲大陆来，顶着世界三
大奢华美食的光环，跋山涉水，伸长了脖子，一路叫着，款款而来。
它是朗德鹅，吃货们聚餐会少不了它。当然，这样的吃货必定不是
菜鸟，而且囊中还不羞涩。后来，桐村人自己养了这样的"舶来
品"，经过本地的熏陶，像野猪变成家猪一样，有了淳朴的味道。

　　我没有看到鹅肝的制作。记得那一年，是因为采访而有的口福。当洁白的碟子装上片片均匀、对仗排列的鹅肝时，我庆幸它是卤过的味。因为单看色泽就知道，它经历过太多的工序，这样的台词是潜台词，自然不去说它了。后来，在饭后的闲聊中，他自豪地相告，我的做法是最地道的。将冷鲜鹅肥肝表面清洗干净，切片、装盘，根据口味喜好调制高汤和蘸料，把鹅肥肝逐片放入沸腾的高汤中煮，时间不用一分钟，再配上蘸料即可。但蒸煮的时间和火候要自己把握，水平的高低也在这看得见不好摸的过程中。那一天，我在村里转了挺久。后来，也听他介绍了他近在眼前的蓝图。

　　多年之后，在熟悉的朋友那里，得知了鹅肝已成为桐村的一个产业。虽然规模没有很大，但已经衍生出更多时尚的元素。一只鹅的可能性，在桐村这样一个远离闹市的地方，被更多地挖掘，更多地链接起来。一头是躬耕的实践，一头是仰望星辰的畅想。我也惊奇地回想起，过往那些不曾留意的平素的交谈中，没想到的是一些女生打开了我的视野，关于认知的视野，关于向外拓展的视野，关于打破自己舒适区的视野。她们中有的念念不忘潮汕的肥鹅肝，喜欢大快朵颐而又无压力的吃法，有的喜欢米其林餐厅的肥鹅肝。令人惊喜的是，找了"度娘"一问，竟然有来自桐村的鹅肝。

　　我的画面带着当过记者的敏感性，聚焦在几十里之外的桐村。这个小镇，美食的动能正在激发，带着老百姓的期待和迁徙而来的他乡客本乡人的期待。发达的网络会呈现这样的画面，如同直播，如同就在身边，真实而热血。鹅在小溪里长大，是放养式的，可是它们自在，除了吃玉米，也能在广阔的河域里找到属于自己的味道。

像小鸡吃小石子，像青蛙捉害虫，像一只猫兀自逛到屋外逮到一只耗子，是本能的，自然的，也是欣喜的。至于它的师尊，我们也并没有放弃，还是一如既往地尊崇，一如既往地吸收和解读它本身的魅力。

我知道，当年那顿中饭，鹅肝虽是主角，但我没有很好地融入其中。多年之后，烧菜的人又虚长了几岁，我也成熟了几分，对于鹅肝给外界广告般的享受依然不是满心期待，期待的是那传说中的如冰激凌般绵密的口感，怎么样能更快地飞入寻常百姓家，飞入更多的餐厅，让常人眼中的昂贵变成带动更多的人致富增收的一条路。

我愿意，以一名食客的身份再次踏入那片土地，寻找味道背后的故事，尽管不知道再次会在哪一次。

也愿意，继续以一颗记者敏感而虔诚的心，去继续记着，去记录当下发生的故事，去思考值得思考的故事，去参与有可能能影响细微的，一个个即将到来的明天。

chapter
04
▼

丁 卷
五花马

红尘味道 *Hong Chen Wei Dao*

在音坑，"很萝卜"

人常常舍不得说破某些东西，说破了人家会觉得你不好玩。就像一个人，如果他跟你不熟悉，却冷不丁地指出你的错误，或是说一些接近于消极的话，即使这样的话是忠言，也总是逆耳的。比如，人生无常，这里面就有很多的话，很多的门道可以说。无常在有常里，透过日常，折射出往事的光芒。

我是恋旧的。若不是被邀，念旧物、旧人、旧情，对熟悉的地方，并不想多次踏足，头回了又回。就像旅行，去过的地方总很难再去，哪怕再美的景，有些东西，过去了就过去了。可是，随着年龄的增长，或许有一种例外，就是美食。是那个人，总不忍拒绝，不好意思拒绝，不想被当成爽约的话题开头。它是一个驿站，也是一次释放，让生活有对比，有听见的触动，有被放大的刹那。

冬天里，出于身体本能，对温度的感知像女人，敏感而多情。于是，当音坑和萝卜碰撞在一起，就产生了奇妙的火花。火花让人温暖。像篝火，像橘黄色的灯光，也像我们经过的橙红年代。比我大十来岁的，是忘年交。他的村子，我挺熟悉。只是，当面对桌上的萝卜宴时，我还是有些拘谨。作为以工作结识，后相谈甚欢的一段缘，能未被岁月冲刷，也属难得。毕竟，人海茫茫，各有各的忙，相逢也不易。毕竟，我们都在兜兜转转后，变得疲惫，变得放不下，摊不开，习惯于缩着，像刺猬，有了距离感。

但，总有纯粹的人和纯粹的吃席。音坑萝卜不用油，我终究在一个寒冷的夜在了场。有冷的对比，才有暖的期待。

小干锅，萝卜配牛肉，酒精助力，突突地宣告着某种诱惑。诱惑了黑下的天，热起来的脸。这是慢热型的搭配，像梁山伯和祝英台，也像郭靖和黄蓉，虽是神仙眷侣，却朝朝暮暮九曲回旋。腌萝卜，像个小学生，在小碟子里，跟在大盘子的后面，透着想出道的眼神。家烧萝卜，就着清汤，浅浅地贴一层，点缀的是几小段腊肉，热气腾腾，有柴火味。当然，上菜的中场，还有几个提神的菜，和猪肉辣一辣的辣椒，和芍药泡一泡的青菜，和筷子滑一滑的花生米。最后一道，上来的是纪念版。萝卜炖排骨汤。粗犷的他，跟我说，这是梁实秋的心心念。抗战时的他，避难于重庆，不忘四处找寻美食，特地做客朋友家，品尝了朋友太太亲手烧的萝卜汤，并给了诱人的描绘：排骨酥烂而未成渣，萝卜煮透而未变泥，汤呢？热、浓、香、稠。大家都吃得直吧嗒嘴。

正说着，大嫂不知怎的，竟站在了桌角。微笑着，叫我尝尝手艺。夹起一大块，吃到嘴里，用牙轻咬时，醇香弥漫了整个口腔，然后由味蕾慢慢品尝，几乎舍不得送入食管胃肠，香到全身舒畅。尽管嘴巴里有点烫，还是欲罢不能，在盘子与盘子之间，在萝卜与萝卜之间跳转。

　　都说入口的东西，和爱的人，要心花怒放才行。而我，做到了。在言语里，我回到了家乡，眼前的人，亲切如初，透着陈年的香。他和她说的话我记得不多，只是最温暖的感觉，浮上心来。这个我曾经工作过、奋斗过、行走过、思考过的地方，土层深厚，是萝卜的投怀送抱佳处，个大水多，每到年底，懂吃的外地人总会叫当地人寄去。萝卜很重，快递费也不少。可是那份天然的朴实，却是生活的原味，做人的原味，乡愁的原味，让人欲罢不能，勾起不同世界里的不同人生，在通往年的路上，轻轻地隐入烟尘。

　　彼时，我坐北朝南，望着门外的一片漆黑，心里却很安定。确信的是，简单的萝卜众多的吃法，把平淡的日子过得有滋有味，正是千百年来，音坑人所擅长和推崇的。它的余音，像太平寺的钟声，听到一下，就震撼了。也像读经源的书声，远在时间外，又近在心灵中。这样的远和近，也许和空间没有关系，只不过是心的出发和抵达。如果多年之后，不被忘却的除了当时，还有当时之外的其他，那这样的过往便是刻骨铭心的。

　　菜中味，酒中趣，茶中情，万物皆有灵。对于懂得它的人来说，你只须，唤起它的灵性。萝卜常有，注入情感的萝卜，才是最好吃的萝卜。人与人之间也是一样，投了缘的，才会在一个桌子上吃饭，才会相谈甚欢，抵得过岁月漫长。

　　屋外有冷风从门里钻进来，但幸好有萝卜在，淳朴，踏实，暖和，自带甜。

　　如果，你问我，对音坑是什么感觉？我会说：在音坑，"很萝卜"。温暖你的胃，穿过你的心。

乌米饭，飘中村

　　和乌米饭认识的时间不长，一年也难得见一次面，就像牛郎织女相会。可是，我不是牛郎。乌米饭，也不是织女。只要想见，对一个吃货来说，总是有办法的。

　　这两年，我走的是不寻常意义上的吃货道路，那就是吃而不胖，吃而不多，吃而不馋。当然这样的称呼，多半是自己封的。人生在世，吃喝二字，总有一定的道理。现世的烦恼，总需要媒介去挥发，挥发掉了或是有了暂时不想动身子的念头，满足感就容易上来，类似于往沙发上一躺，啥事也别挂心头，做个无心之人，心气也就会平和开来，看万物便有可能都是美好的。

　　心是通行证。当世界知道你在找寻美食时，它会为你让路。对乌米饭的认识，就是这样。刚听到这个名字时，觉得米饭的家族太庞大了，除了有白米饭、糯米饭、小米粥、薏米粥，竟然还有乌米饭。字面上的意思，自我理解个大概。乌米，自然是黑色的。至于怎么吃，怎么做，哪里是最佳的打卡地，此前并不了解。更不会想到，剥开外衣，它也不过是糯米饭的徒子徒孙。粳米自然也有一席之地，无奈上不了食材的榜单。还好，追根溯源，有时候得依赖工作的福利。它产生交集，走进风味原产地，让想有口福的人还了愿。

光阴转得快，一点儿不等人，翻过了一千零一夜。还好有记忆。年年岁岁花相似，岁岁年年的乌米饭也有不同。第一次见到它，是在中村，一个有名的饭庄。说是饭庄，其实是有情调。有畲族的特色，也有文化的凝聚。这种不经意间流露的气质，是养心的。这和中村的宣传符号"养心中村"很是贴合。没有裂缝，突然间就温暖了你。中村因处开化中心，如开化的心脏而得名。所谓养心，除了心灵上的修炼，由食物上的愉悦和满足，也可以打通物质转向精神的任督二脉。这种打通，尽管在中村人这里，乌米饭是有仪式感的一道。口诀，在他们的经验里。

中村有畲族，农历三月三和立夏是乌米饭"明媒正娶"的日子。这两个节日里，主妇们会更忙一些，男人们对饮食之事也更上心。虽然他们不知道"岂无青精饭，使我颜色好"的养生佳品，就是熟悉的乌米饭。但传统不能变，程序不能少，虔诚心依然。日出而作，不仅是农时，也适用于炊事的前奏。上山摘乌饭叶，下山搓叶出浆，放糯米浸泡。数小时，再晾干。后煮熟，乌饭的香味就像少数民族的姑娘，让你有了不一样的感觉。除了香味，料也很足，有包容性。咸肉、蚕豆、笋片，都是应景食材。辣椒酱、豆腐乳，也是域外双雄。这些都让味道更棒，逼你慢慢在心中吐出两个字——好吃。

怎么个好吃？主要有两种味道。感官上的晶莹剔透，加上黑色的加持，有了至尊的神秘。口感上的甜或咸，吸粉无数，获得了八仙过海的大众点评。这种点评，让乌米饭声名鹊起。乌米饭，白瓷碗，撒上白糖，眼睛亮了，口水出来了。清糯香，闪闪亮，有弹性。甜乌米饭，慢慢嚼，舍不得吞下，舍不得放筷。咸乌米饭，最好蒸一蒸。豌豆瓣、咸肉丁、乌米是桃园三结义。一黑，一绿，一朱红，还可撒几条黄鸡蛋丝，红绿黄黑，煞是好看，颜值上更胜一筹，抢占了下咽的先机。如果说甜乌米饭适合细嚼慢咽的话，那咸乌米饭更适合一扫而光。一冲动，就容易大扫除，不管三七二十一，抛却世俗烦心事，进胃里倒腾一番再说。毕竟，咸垫百味，食情更浓。试想，浅夏午间，阳光不燥，清风盈窗，围餐安坐，乌米饭双味穿插，小美好便无声流淌。

乌米饭也是有源头的。它有它的来路。线的一头从唐代开始，始于道家斋日的饵食。宋代起，成为佛家斋食，逢四月初八浴佛节，用乌米饭供之。它有它的传说。半山娘娘名头最大。避战乱，迁半山，摘叶煮乌饭治疮疾，守贞节，救康王赵构，得敕封，立庙塑像，传美名。它有它的符号。这个符号，能祛风解毒，不疰夏，不招"乌米虫"。这个符号，是传统民俗中最淳朴的制作流程。采摘不易，却充满寓意。立夏吃乌米饭，是被护佑的吉祥如意。也是从现在通往过去的感应，带着一方水土一方人的区域乡愁。

在行进和感受的途中，乌米饭的道在百姓的口中铺展开来。让我惊奇的是，这与多年前看过的影像竟藕断丝连。连的是目莲戏。连的是目莲的故事。其父多病，其母向佛，自己成了出家人。后祈祷未果，父亡，母生怨，行为异，被打入地狱。白米饭，母亲吃不到。上山寻百草，用乌桕叶把米染黑，成乌饭。孝行感动佛祖，母亲被放。又念其侍奉左右，功德圆满，便敕封为地藏王菩萨。后演绎传承，渐成乡土风俗。此外，也有《宝莲灯》中，沉香前往九华山，送饭给三圣母。贪吃的看门鬼好吃米饭，巧妙的是乌饭叶挤汁，保全了母亲的性命。

每次回老家，经过中村，总能想起那些不多的，关于乌米饭的食事。这个地方，有曾经的同事，也有现在的朋友。所幸，我没有忘记曾经的同事，也能常常想起现在的朋友。也许次数不多，却刻着往事的痕迹，未来的高光。一如，对一个地方，对一群人，对过去的自己的念想。

三月三，草木滋味蓬勃而发。立夏时，枇杷黄，梅子青，中村人举着乌米饭的旗帜，让夏的滋味跨过民族的门槛，给开化注入少有的味道，开化的味道。

林山腊猪蹄

　　看书时，看到"不待扬鞭自奋蹄"，便条件反射地想到了猪蹄。忘了吃过多少只大大小小的猪蹄，正如忘了去过多少次林山。

　　巍巍林山。多年前，我不会想到，会和这么一个山乡的缘分如此之近。它是怎样的一个山乡？它是心可以流浪的地方。你可以一个人，在路上。走走停停，不需要固定的地点，山间小道，最好随处下车。随意有随意的惊喜，水的流动更亲切，村民的表情更自然。看沧桑的角落，看新生的枝芽，或有不曾丢弃、随手可得的盲目欢喜。它是有好听名字的山乡。村名好听，原始的叫法，合并的叫法。有山，叫西山，叫舜山。有桥，叫花桥，叫石桥。有源，叫林源。有湖，叫霞湖。有岭，叫梅岭。有丘，叫塘丘。凡此种种，构成一个武林世界。这位武者，深谙大道，在山林里扎梅花桩，打猴拳，练龙象般若功，银鞍照白马，飒沓如流星。它是千百个山乡里的一丛，如春日山中的杜鹃花，艳了你的眼。

　　林山，它在开化的东头。山若苍龙，或见龙在田，或飞龙在天，形象万千。尽管，它离我不远，在百度地图上，用手指轻轻巧巧地外拉，也逃不过毫厘间放大的开化。神仙境里的开化，身怀绝技的开化。

有点固执的我，对故乡的大部分好感，都来自亲情的绑定。这种绑定，会衍生出更广阔的世界。至亲和食物，是更高级的绑定。随着爷爷奶奶的离去，外公外婆的不在，骨子里我便不承认有爷爷奶奶了，也不承认有外公外婆了。这个不，带着不敢，也带着不愿和不舍。因为，那是过去式，只代表曾经拥有，感叹没了现世的存在感，只有无尽的思念。可是，那种思念，一定超越了对至亲的定义，即使贴了标签，归根结底逃不过情感的坚守，像苦行僧手捧佛经，旁若无人，潜心守住心灵的专属密码。

当然，一切皆有可能，时间的玄妙在于变。变，是轨迹中探出的小脑袋瓜子。变，会幻化成各种形态。灵动而活泼是其中的一道闪亮，四处窜，煞是可爱。打破这种认定的，也是归结于爱。这爱，在妻子这一头，如藤蔓舒展，每每撩人。她是林山人，想当年，挺着大肚子，坐着颠簸的中巴车，去往她的老家，去往外婆家，倒也别有一番滋味。这滋味，没有苦感，是慢节奏，充满烟气腾腾的期待。这份期待里，最佳的代言人是腊猪蹄。没有换代言人的，也是腊猪蹄。

腊猪蹄，我熟啊。你也不会陌生。认识它三十年了。小时候，自家也养了多年的猪。可是，属老鼠的母亲，硬生生是把每年的过年猪喂成了父亲眼中的狗。那一刻，我笑了。是的，过年猪七八十斤而已，吃的也有猪草，更有玉米粉，可是猪就长不胖。也不知道是母亲喂料太少，还是猪栏太干净，猪都不想睡。长膘不成成笑料，倒是不争的事实。不过，好歹是自己的猪，自个儿付出过劳动的。家里的猪肉，尤其是猪脚，成了母亲看得牢牢的"精选好物"。我自然也对经过手工摩搓，石块重压，晴晒雨收，风吹嘴嗅的猪蹄备感青睐。不仅青睐，还亲嘴。慢慢闻，慢慢咬。咬带筋的蹄。那时候，叫猪脚的多，大众版的称呼。小方桌上，八仙桌上，小板凳上，长条凳上，塑料碗里，搪瓷碗里，青花瓷碗里，铁碗里，都有猪脚的身影。猪前脚，猪后脚。带毛的猪脚趾那一段，壮实的猪小腿那一段，它们穿过岁月长河，一碗一碗地端过来，将我从现在渡到过去，从不惑带往童真。我看到钢精锅里有笋干，我看到高压锅里有醋豆腐，大块大块，外表被汤汁覆盖，微黄泛着油星子，里面游荡着缥缈却又真实的人间，抚慰众生的欲念，用一把饕餮的剑，汇聚成平凡又朴素的光，让大多数的中午，通向大多数的晚上，生生不息，不厌其烦。

腊猪蹄，还在啊。当然必须在。如果人生有惊喜，那亘古不变的味道，当仁不让。再惊喜一点的是，在林山，在妻子的外婆家，我找到了当外孙的感觉。老话里，把外孙看得很高大，这种高大不是身高，而是对味道的尊重，没有长幼之分，甚至更垂青幼者。座位可以是上横头，座位可以爬上爬下。这些变换，没人嫌弃你，除了关注你。吃的是猪脚，夹的是鸡腿。好东西，都从娃娃开始抓起了。娃娃的荣誉证书，署上"外孙"的名。外婆家的猪大，两三百斤是常态。每次进去，我都要往猪栏转转，有时候是顺道往厨房走，有时候是抱着还小的女儿学猪叫。对它，还是充满了感情，同时更是佩服老祖宗的智慧，竟知把这家伙圈养，让家的味道变得如此自然，味道口口相传，如经久不息的掌声。

林山的猪蹄，我想，还是和别地儿的有点不同的。腊猪蹄，开化有雅称，曰：岁月腊猪蹄。读之，有年代感。可是，所有的好猪蹄都经历过岁月的历练，阅历加经验值，才是它的诱惑力。如一位游子背着身，长袖飘飘，念天地之悠悠，思猪蹄于远方。镜头对准我，我会说，只有宁静的时光，配上独具的匠心，才能成就美食的独孤求败。它形似一块刀把，通向县城的一头是浅浅的，短短的刀柄。另一头，略带翘角，奔腾向前，京台高速比肩。它的匠心，从大师徐谷青走来，化腐朽为神奇。传唱的故事里，一刀刀一斧斧勾勒了般若世界。传唱的故事里，一个扫地阿姨，也如少林寺的扫地僧，藏着绝世武功，是隐匿的食神，她的红烧肉一烧就是二十年。年过天命之年的她，也许知道天命难违，虔诚的热烈的烹饪初心并未曾改，谦逊而坚守，这座桥梁便是林山人血液里流淌的匠心和见贤思齐的禅心妙境，化雾为道，天地开化。

而在炊烟袅袅的四方福地，家园成花园的步履不停，幸福轮番见证，一山高过一山，一浪高过一浪。表现在食物上，也有诸多的诠释。有一被我私自命名的"小微豆腐"，比眼镜盒略短略窄，不用炒，只蒸，便香甜可口，是点心的最佳选择，吃了还想吃，吃了嘴生花。还有，近年来风生水起的养生的山药面条，见谁一面，都不如吃它一回。只是在不是当地人的眼里，腊猪蹄给我的印象最深。它安静，若处子。它高贵，如白石尖的千年杜鹃，寻常中自有不寻常。这便是，林山给我的印象。你每一次钻进它的被窝，就能听到自己的心跳，面红耳赤，小鹿乱撞，浮想联翩，肃然起敬，回味无穷。

　　四楼的小洋房，外婆瘦小的身躯挑起猪肉来的画面，清晰如常。那般娴熟，那般热情，那般慈祥。有时候，我只是看到盘中的肉。有时候，我在半梦半醒间听到脚步声。有时候，时光戛然而止，惊讶于外婆竟对我如此大方。只要我去一次，总有腊肉。只要我想吃，腊猪脚都会既出乎意料，又在情理之中地出现。以至于，我的后来，变成了有意识的后来，减少次数的后来，借口很忙的后来，不好意思的后来，偷偷盼着的后来。这些后来，自我叠加的后来，让原来的外婆，换了另一张面庞，不经意间又闯进我的世界，那么奇妙。带给我，光阴不曾老，我还是少年，带给我，想说出口又张不开嘴的感动。我努力辨别着，此时和彼时的不同。我也努力搜寻着，这个时空和那个时空的光影隧道。感动表现在脸上，是脸部有点僵硬，眼神有些停滞，鼻子有点发酸，眼角也有湿润润的液体在酝酿，正从某个不远处放马而来，风华正茂，一往无前。我知道，成年之后，特别是娶妻当父之后，流眼泪是一件很难得的事。我也知道，她成了我眼睛里看到的、心里认可的外婆。在吃腊猪蹄的岁月里，往昔的日子被还原，幸福的是，以我如今的感知，便对孝道，或者说是亲人间的表达有了更从容、更直接的袒露。不再吝啬语言，不再舍不得夸厨子，不再阻挡四目相对、心心相知的交流。

　　生活像悬疑的小说，没有人知道下一秒，剧情会怎样。谁会想到，一个蹄字会有那么多的回味。旧时女人缠足，如我奶奶，已过百年。三寸金莲，唤作"小蹄子"，是《红楼梦》里贾母的口头禅，指的是年轻女性。妖媚之中带着蜻蜓点水的小嘲讽，在食物这里，摇身一变，爱不离嘴，口齿生香。咬着嚼之，像炫迈口香糖，根本停不下来。腊了，便有味；腊了，才不腻；腊了，我和林山的感情越来越深，不知不觉悄然靠近，像一片叶的叶脉，连着内里的叶脉，心心相契。它在某个瞬间超越我熟悉的当下，熟悉的村庄，熟悉的人群，飘飘然走进不慌张，愿长相守的异乡。我成了那个，喜欢吃喝酒香的人。成了只要你开口问，便滔滔不绝、有礼邀约的人。像山谷里的风一样自然，像河滩里停在石头上休憩的青蛳一样，自信又自在，享受着流水的全身浴。我知道，或许我做不了什么。但是，我迫切地想表达些什么。这种表达无关他人，只关乎自己。关于内心，关于遇见的人和事，关于记录下来不想了无痕迹。

我想，这样的情感，很多人都有。去一个地方，怀念的是食物，也是人，食物经由人，才有永远不会老的故事，不会淡去的情。故事被一江春水相带，流进每个人最柔软的部位，化成一道符、一道令、一道魂，散开烦恼的尘。好多如旧铁慢慢生锈的日子，被擦亮，有闲敲棋子落灯花的清新隽永。

也许，生活本就是一场又一场的食事。自己的味道在向往里，也在寻找的路上。你可以放不下筷子，但你不可以放下某种向往，放下自己的味道。

比如，林山；比如，林山腊猪蹄。

村头白苦瓜

　　五味之中，和苦味沾边最少。苦这种味道，只要一念出来，就感觉嘴巴里怪怪的，眉毛皱起来，心里黯淡下来。这是我最初的感觉。关于苦这一味，鲜有的记忆，来自祖父。

　　儿时的院子东边，有一小块菜园地。清明之后，苦瓜欲出。一半在屋后往北的山脚下，一半在几步可达的庭院里。祖父在一米半的围墙下，为苦瓜育种。先把土深挖，接着把种子种进花盆。花盆由破洞的脸盆变废为宝，作为练武场，进行光照催苗。瓜苗长出四片叶子后，移栽入园。移苗时，祖父是极其小心的，就像对待他喜欢的书。移苗后，浇水、施肥也少不了。园子转一转，太阳东起西落一天天，瓜苗也越长越高。找来竹枝，搭好架子，尼龙绳子绑上，像庄严的卫士守护着瓜苗。围墙下，藤蔓伸展，叶似翡翠，小花嫩黄，果实挂藤。纺锤状，瘤状突起，犹如癞蛤蟆皮，有触感。摘下，有说不出的喜悦。

　　我不知道，祖父为什么会喜欢吃苦瓜。只记得，那么多的日子过去了，在还不及他厨房里的四方桌高时，一两杯小酒，一碟子花生米，一盘苦瓜，便是炎炎夏日里常见的"三大件"。带过兵打过仗的他，素来简朴，不仅不讲究穿衣，对餐桌上的菜亦并无讲究。也许是祖上家道之后，对勤俭治家有个大彻大悟，祖父成了最好的践行者。在吃这方面，倒是祖母为了改善伙食，会搞变通，偷偷地让普通的菜里加点肉丁，不管财政大权的祖父，自然对此感知甚少。苦瓜炒酸菜是通常做法，祖母擅长的是苦瓜塞肉。肉末、鸡蛋和淀粉是"三剑客"。几根苦瓜洗净，切去两头，挖去里面的籽囊，再把苦瓜切成几个小段，入水轻煮，去苦味。接着打几个鸡蛋，碗里搅匀，蛋液与肉末混合，搅拌后灌入苦瓜段。淀粉是涂抹剂，封住苦瓜的两口，成为进油锅的最后一道工序。香味来了，颜色微黄，煎炸之后，成了酥脆的座上宾。这个做法，这种吃法，也成了我唯一心甘情愿去品尝的做法。

我同样也不知道，苦瓜还有"君子菜"的雅称。一开始是先入为主地觉得它"来事"。那么苦，和哪个菜在一起，都会传导它的苦味。殊不知，苦瓜的苦主要是瓜肉和瓜瓤。有趣的是，它并不会把苦味传给别的食物。这在长大后的岁月里，得到了证实。那是，食物和地理的连接。自己家的苦瓜，我是能不沾边就不沾边。可是，和别人在一起吃，总免不了入乡随俗。忘了是哪年，只记得是热火朝天的月。生活带给了我这个独生子女心上的苦，加之温度高，食欲不振。同样是忘了哪年认识的友人，告诉我他开了饭店。而美食品鉴地，就在村头镇。和马金隔壁，是肩并肩的兄弟。

我告诉他，心情不大好。

他说，你是想多了。想当年，我们刚认识的时候，多开心啊。

　　我说，那不一样的，那时候，感情不是还没落地吗。

　　来，吃菜吧。白苦瓜，一定得尝尝。我条件反射似的觉得嘴巴里有点苦，可是就两人，桌上就三个菜，两道菜都与苦瓜有关。一道是白苦瓜清炒肉，肉是腊肉。看我犹豫，没动筷子。他说，苦瓜我之前已经用盐搓过了，还放在冷水里清洗过，苦味不多了。看着他盯着我的眼神，我只得用筷子夹一小块放进嘴里，轻轻咀嚼，苦味顺着喉咙流进腹内，没有想象中那么苦，有清凉的回味，倒是除去了很多的浮躁之气，最初始想要表达的情绪慢慢稀释了不少。另一道与苦瓜相关的菜是苦瓜汤。酸菜，苦瓜，汤，蒜末，辣椒粉，葱花，观之悦目。他说，你喝一喝看。说完后，我们各自举起杯中的凉茶，一饮而尽。

　　他说，你这点事算啥呀。人生不如意之事，十之八九。我们还是要常想一二。我打过工，受过骗，自己还了一屁股债，如今开个饭店。每天对着锅碗瓢盆，心里想着各式菜单。有些苦，也说不出来，只有自己品尝。你看着白苦瓜，外表纯净，内里透红。一半是操守，一半是热情。就像它的别名，叫半生瓜。前半生寒凉苦涩，半生后温平甘香。很多时候，我们认为的苦，只不过是心里的防线而已，吃下去了，总有另一番新的味道。那一刻，我如醍醐灌顶，也猛然惊觉，眼前的白苦瓜，成了心头的另一种甜，爬上藤蔓，爬上村头，越过友情的久未谋面，却印着不必言说的相连相通。这种情感，在每年的夏天，变得更值得咀嚼。

　　张小娴说："当你爱上苦瓜的味道，或许已经不年轻，至少也走了一半人生的路程。"王鼎钧大师说过这么一段话：急急忙忙买了票，电影已经开演了，由带位子的小姐引导入场。满眼漆黑，幸亏她用手电筒在地上铺下一个小小的光圈。那是一种特制的手电筒，光圈小，广度弱，但是刚够你用的，够你看清脚前的路，够你找到属于你的座位号码而不至于惊扰别人。人追求的就是这么一点儿光，有这么一点儿光就可以活下去。用这点儿光照自己，只照自己。如果满场乱射，就会引起众怒。

低头一看，确实也可以算人到中年了，发现苦瓜的苦不是涩苦，不是俗苦，而是在苦中自有一种甘味。这甘味，靠自己品尝出来，感悟而来。因为，能说出来的苦不叫苦，不能说出来的苦也不是苦，那应该叫痛或者叫悲哀了。你知道，你不必分享，分享了反而给自己、给别人带来更多的苦恼。每个人都是自己人生旅途上的苦行僧，修行者。讲不清的理，可以不讲。听了不舒服的话，也可以不听。见了会不高兴的人，也可以不见。改变不了的事，也不用操心，不如顺其自然。这样，苦瓜的苦，在你的眼里，就如人生中经历的那些以为的苦，待到细细咀嚼时，早已成了一道美味，豁然开朗的美味。

炒、腌、榨汁，酱爆、糖醋、炖，随意随性，创意无限。窃以为，人生在世，以苦为底，才有对比后的甜。每个人都希望生活有点甜，那年夏天在村头的那一餐，让我慢慢理解了祖父，理解了画僧石涛，理解了寻常岁月里早出晚归的人们。

也许，众生皆苦，唯有自渡，方为正解。

当你穿过大溪边米羹

风在树上走，云在心上走。看似游离的一个个瞬间，隐藏着悠然岁月里的蠢蠢欲动。烟腾腾的人间，俚俗的真实世界，每天都在上演着爱的归去来兮辞。

有时候，他会想着去点开她的朋友圈。尽管，他不喜欢看手机。尽管，朋友圈很拥挤。一个人愿意为一个人去花时间，对另一个人来说是值得欣慰的。哪怕她不一定知道。但喜悦如果被不经意传递，快乐定然加倍。

男人和女人，在自我感觉还算年轻的岁月里，都需要挺拔而天真地去吸引和被吸引，需要和一个热血的人，来一场陌生的旅程，一片思维的海洋相遇，建立生命的某种联结。

时间如水流，转瞬跋涉了万水千山。他想起了多年前的相识。清澈，深沉，眼睛里有内容，像欲言又止的话，神秘而撩人。只是相遇如白开水平淡，轻轻地来，来不及梳理将尽未尽的懵懂。

人声寂寂，岁月从容。夜色如诗，温柔如初。

他问，你是这里人？她点头。这个离县城挺远的山乡，怀着很多艺术细胞。多年以来，从大山走出去的人一拨又一拨，低调地传递了淳朴外的高贵。他知道的，有印象的，在口口相传里，在看过的油画里，在海岛吹过的风中，也在随手抚摸过的带着遥远芳香的器具里。彼时的状态是，一帧画面，一帧画面，钻进他的心。他喜欢看她穿长衫，弥补他的遗憾。像个古人，有缓缓流淌的诗意，也有沉默不语的力量。他知道，她有健康的肤色，尽管这颜色是后天的自我加持。她也知道，他去过她常去的城市，却没能相遇。他不便打扰，她也不会轻易透露行踪。他在不多的文字里，闻到她的香，就像被很多人津津乐道的高粱酒。

那满山漫野的春奔涌而来，她并没有表现出热烈。也许就像月岭的花，阳坑口的索面，墩南的庙会，自有懂得它们的人纷纷攘攘，慕名而来。她知道，成年人最大的高级感，是一个眼神、一个动作，一句将说未说的邀约。

终于，赶上了一个时节。农历五月十三，祈水节。人与自然的遥相呼应，在岁月的洗礼下依然饱满，如少女的肌肤，紧致而嫩滑。热情的水从大溪边流过，不紧不慢，悠然自得。穿过熟悉的人群，穿过那些买与卖之间的寻常之物，穿过农人在田埂边歇脚点燃的那缕缕烟丝，也穿过在厨房里忙碌的系着围裙的厨娘。

夏天的风，有暖意，也有凉意。暖意夹杂着万米高空穿透而来的阳光，带给人满足感，小小慵懒，恬静不聒噪。凉意是随着衣着的减负，短袖上阵。围裙的仪式感，会凑到袖口的风。厨房是生猛的，如浓烈的酒，把柴米油盐都招进它的麾下，任由指挥，一统味觉江湖。

　　她意外地出现在厨房里。他第一眼就看到了她。他看着她，觉得这个人这么近，让急躁会刹下车来，也让热气升腾起来。天使和魔鬼，都站在他的两侧。至于怎么选择，是他的事。他可以选天使，也可以选魔鬼，或是两者都不选，只选他自己。

　　她的身上，像蓝印花布一样，透着不俗。那也是他喜欢的颜色。清雅，蓝调，仿佛天空的柔情蜜意倒灌而来，滋润了不慌不忙，可以安放流浪的心的旅人。

　　他知道，她是一个旅人。见过形形色色的人，见过形形色色的慌慌张张，假假真真，看过起起落落的风景，虚虚实实的荦荦素素。偶尔在手机里划过的几句心情，点亮了子午线交会的夜空，带给人遇见萤火虫般的惊喜和留恋。文字也会在次日消失，只为表达刹那的爱恨情仇。

　　她在厨房里和那些妇女打成一片。忙着张罗外面那些男人的胃，出过大力的胃，也享受一份自己参与的味。多年前，她离开家乡，就告诉自己，一个人也要有自己的味。下厨，并不是难事。实在不方便，米羹是她的随心挚推。

　　老家的干菜，石磨的米浆，在钢筋水泥的高处也有替代品。豆腐、辣椒、笋干、香菇，城里的冰箱里也有。

　　她脑子溜号的瞬间，有人催她切点腊肉片。那不是金华火腿，那是家乡的"美味旋风腿"，隔了地域上最相近的一个千岛湖，也能往西湖绕道，飘进她的家。土灶里的柴火，是邻居上山砍的。柴火在院里堆着，阳光下靠近院墙，晃出一阵阵眼里发光的喜悦。她拿着菜刀切肉，大拇指微翘，四指并拢，轻轻地又坚定地把通透的紫红落在刀板上，突突作响。

一场以米粿为主题的食事就此展开。锅里滚着，他在看着，继而在灶头前方的口字形面前落座，小板凳自在，移动方便。他守着灶火，像守着自己的胃。

她在间隙，瞄了他一眼。跟他说起家乡米粿的故事。有一年，新安江一带闹旱灾，四处饥荒，百姓无米下锅。一位秀才想出个办法，收集每家每户米缸底下的米，混水，磨米浆，菜干杂粮等一锅煮，做成大杂烩。没想到，味道奇香，众口皆调。后来，新安江大批移民开化，这一风俗也随之带来。

她说，等会儿，我们一起吃米粿。伙包肉，要下次了哈。

他微微一笑，点点头。屋外的风和阳光一起荡漾开来。人间大愿，对很多人来说，无非是一日三餐，四目相对，可是这四目的情投意合，终究是寻寻觅觅，冷冷清清，千里难求。

屋外，舞柳叶龙的吆喝声断断续续穿进来，他突然想起在她朋友圈看过的那句话：茶没有故事，有故事的，只是喝茶的人。

在心里，他也跟了一句：米粿没有故事，有故事的，只是遇见大溪边的人。

chapter

05

▼

戊　卷

四　时　帖

鲜眉使者

1

　　我想，春笋是百搭的。它就像一个性格多重的人，愿意且能做到人见人爱，花见花开。

　　大诗人杜甫曾在《咏春笋》中写到过有态度的柴门，原来柴门和春笋也能搭。这就神奇了，神奇在于看的角度不同，境界不同，非常人能有，能感知。也许你会说，诗人也是人啊。但是，就我的体会而言，接触的那些诗人，确实有一颗不一样的心。古代的诗人更从容，搭配的东西放在一起很相宜，很应景，丝毫没有违和感。你看，杜甫是这样写的："无数春笋满林生，柴门密掩断人行。"想想那片春景：一场春雨，新出春笋，漫至柴门，几将柴门给封了。还有一句"会须上番看成竹，客至从嗔不出迎"。这句不难看出，杜甫还是很有原则的，一般的人来了，竹子看就看了，但是主人不会打开柴门来迎客。

　　我对春笋没有那么多的要求，就像一个喜欢某物的人，只是喜欢就可以了，并不一定要刨根问底关于它的种种。凭感觉就好，世间之事，不可太细究，究根问底，无疑让人失望，未免庸人自扰。

　　笋，是春天的信物。我最爱的是春天的笋。没有见过它从泥土里探出头来的样子，但是这样的一种想象，自我感觉是贴切的，情感是真挚的，时间是有厚度的。或许我在某个记忆的深处，跟随着彼时年轻的父母去寻过那样的惊喜，在某一个瞬间的遇见，就是自我意识里的一刹那。那一刹那，笋在我心上拔了一小段，长了一小寸，感觉就来了，如此美妙，情不自禁。更大一些，约莫到了上小学二三年级的时候，对于冬天的"雷公笋"产生了很大的好奇心。所谓的"雷公笋"的胃口勾起来，是在那一天在同学家里。他家里的样子如今想来，还是清晰如昨。一条小巷子，门前有一棵梨树，枝干通向二楼平顶的方向，形成 45 度左右的斜角。那一天，我在他家玩耍。到了饭点，便被邀请留了下来。那时候，也不叫邀请，就是自然而然地怕嘴馋，对方的父母叫着一起扒几口饭。别人家的饭，我吃得少。菜倒是类似于有"游村"的经历，会忍不住被放进碗里。土话里的"端碗"是常做的事，来回走，满村走，即使蜻蜓点水，却也生龙活虎，新新鲜鲜。同学的父亲说，这是雷公笋，你们多吃点。然后，我们又像学生一样，听关于雷公笋的介绍。

　　在那个年龄，对打雷下雨有一些害怕。后来，在书上看到，那是那个年龄段本有的反应，每个人或多或少都有那般感觉。雷公一打，如锣鼓催婚，自然不敢怠慢，笋得听话走着，让自己离土地的向心力再往上一些。雷公笋好吃，按时令来说，属于早春，也能算在冬末。我记得树上的点点梨花给了我启示，雷公就像生活的鞭子，只有在后面抽，或者说打在地上的声响，也能激发一个人往前走得快一点儿，跟上脚步，不要掉队。

2

　　我和几个小伙伴在放学之后，做完作业，喜欢往山里走。山离我们的家很近，这样的行走多半发生在夏天的傍晚。我家教相对较严，一回家，八仙桌的正位是我的作业场，摊开笔记簿，打开文具盒，拿出各式各样的笔，便开始做作业了。我知道，如果没有把作业做好，是出不去的。

　　我也慢慢习惯了这样的方式，没把自己该做的事情做完，心里总是吊着，像一桩心事，欠着别人，不知道何时能还。我把作业做好后，跟父母打了报告，获批出行。脚上的球鞋没记错的话，应该是回力。白色占据了它的大部分形象，红色是一抹广告，让对比更鲜明，也是突出一种活力。

　　这样的鞋子适合登山。不，是爬山。我小跑着去喊另外几个伙伴。一个伙伴正准备吃饭，我说赶紧吧，上后山玩去。他一应和，放下了碗筷。碗筷在桌子上一下子就老实了，不再被人捧着，有了某种失落感。好在他的父母也开明，对于同学之间的玩耍，不会不高兴，一般也不会拒绝。后来，我才知道。他爸和我爸也是老朋友了，在村子里以前从小玩到大的，后来各奔东西，最后又在村里相会。他们或许都在心里疑惑着：我怎么一辈子也没能走出这个村子？

一个叫一个，路上就有伴了。三五个小伙伴马上凑齐。眼下正是挖笋的时节。白天，是村里的大人们的主场。日暮时分，我们几个也想一探究竟，体验挖笋的乐趣。竹林子离我们的家，若是有尺子连起来也不过三五百米。出发的时候，很多农户家里还端着碗，空气中仿佛还能闻到他们恋恋不舍的样子。原来，红尘不仅是各色纷繁，也是放不下的五味，酸、甜、苦、辣、咸都纷纷败在她的石榴裙下。

作为南方的妙物，笋因为带给人有一丝神秘感而让很多人莫名喜欢。不同的是，有的人兴冲冲地去，灰头土脸地回来。有的人兴冲冲地去，喜滋滋地回来。我们没有带小锄头，只带了塑料袋。心想着，如果能挖到，装在塑料袋里就够了。塑料袋红色的，是父母买菜时装来的。笋脱离地面，但身上还是粘满泥土，不小心的话还会粘上衣服，一个大的塑料袋是它的归宿。

我们这么想，这么走着。从山底沿着一户农家靠近猪栏的方向向上走。闻着猪屎香，想着笋拔出来那会儿的期待，心情自然不会差。天边的云彩慢慢下沉，意犹未尽着一天的热闹与孤寂。对应了若干年后，我读到的诗句。

诗句是这样写的：

野地空旷，百鸟飞绝
二月的荒草，显得有点安静
一丝淡然的风，溜过草尖
吹乱了初春，梳理好的发簪

　　　卑微的草，仰视遥远的天空

　　　等待新一轮的生命，在春天

　　　脚下的土地，化着泥土

　　　然后，重新穿越黑夜归来

　　以上是白玛曲真的《寂寞的荒草》，如今看来，它的味道在于得到与失去之间，等待与期待之间。而挖笋、找笋、吃笋必然是三重境界。

　　话说，我们还是有了发现。在一步步的挪移中，因为稍微陡一点儿的坡度，都需要十来岁的我们互相携手，前后拉着，像一个小小的战队。

　　走在最前面的是平，他比我大一岁。瘦削的个子，却喜欢胡天野地。他上有两个姐姐，都是勤劳的主。那会儿，他的两个姐姐也不过十五六岁，大一点的不超过十八，长得倒也水灵。他最小，最受宠。但凡真做了什么错事，两个姐姐也会袒护着他，用一通说辞让父母亲的心软下来。那是一片较大的竹林，我们都知道会有村民从那里挖笋。夏天的时候，山的向阳面是一树树的杨梅，阳光一照，亮了众人的眼，就想着找个人间浅睡的午后，躲在树底下，偷吃一顿杨梅。

　　笋，也算不上是挖，但还是属于集体的，因此不算偷。我们也是看了一个个大人挖了好几天的笋，才有了去"淘宝"的冲动。高高的，绿绿的，新鲜的毛竹下，是长短不一的笋。伙伴说，拔一根长的。我一看，这长度都快高过我们的头了，忙说，这可动不得。

你看，边上已经有了一层碧绿的竹节，表皮清晰可见，只在顶端透出如剑锋的个性。还是找小点的吧。二三十厘米的就可以了，稍微长一点儿的也行。

要带着泥土拔。拔不出来的时候，左右摇两下。

有同伴附和。我却暗暗佩服起他们来，平时自以为学的东西不少，懂的东西也多，害羞的是对于周边的生活常识，基础劳动还是一知半解。

所幸，那天还是有收获的。我们四个人，见笋不长就拔，左右摇晃也好，一人拔了个笋尖也好，剥了笋壳再拔也好，一个塑料袋竟也装得满满当当。等到夜色又暗了三分，大地一片黑色，心里有了慌意，得赶紧回家。

这时候，耳朵里传来了熟悉的声音。是在叫自己的名字吧。也在叫同伴的名字。当幸灾乐祸不过二三分钟，我们的耳朵便宣告了我们即将面对的"不幸"，预示了一场关于表情、关于语言的胆战心惊。

回家的路变得漫长。我们低着头，不敢看迎面而来的父母。这几对父母，保持了难得的"夫唱妇随"，一个好像在说，这天都黑了，还在外面玩，回家要好好教育一下。另一个也好像在说：天黑了，挖笋事小，万一摔坏了，找不到人了，该怎么弄，找谁的责任？

那晚上的笋，父母照例烧了。作为劳动成果，每个小伙伴都分到了自己的那一份，很平均，按数量。

那晚的后来，我们几个小鬼没有受罚，只是挨了批。但春笋的鲜倒是在经历的对比下，越发变得不寻常，难以忘记。

3

时光回溯到二字头的年龄。我还是个少年，这点全世界都不会有异议。家还是那个家，那个我和父母同住的家。这样的观念，只有成家了才有所改变。但一回到熟悉的地方，还是会抛开很多固执的念头，觉得自己依然属于这方土地，属于这个生活了三十来年的地盘。

地盘上，有蚯蚓，有蛇，有蛐蛐，有蜗牛，也有欢快的鱼，难得一见的田鸡，恶心至极的癞蛤蟆。地盘上有的东西还有很多，这其中又不得不提到笋。

这次提到，我已经准备上大学了，看书是临学前的规定动作。原因很简单，爷爷还不算大，在家里人人还是对他又敬又畏。他对我的要求说简单也不简单。简单就是，做个好人，不要学坏。不简单就是，做个对国家有用的人才。当时，我压根没听进去。直到后来的后来，慢慢咀嚼，细细回味，才觉得这里面包含的意思很广，不是不劳就能获得的惬意，也不是一朝一夕就能抵达的彼岸。

书上说到了这样一个故事，《哭竹生笋》。说三国时期孝子孟宗的母亲生病了，想吃嫩笋。可是寒冬无笋，小小孟宗扶竹而哭。他的哭声打动了身边的竹子，于是地上就瞬间长出了许多鲜嫩的笋。看了故事我也感慨万千，有那么一刹那，我的鼻子也酸酸的，幸好是男儿身，忍住了情感的涌动。我知道，那时候若是有一面大镜子移动到我面前，眼睛肯定是逃不过红红的，眼角略带湿润的现场感。

所幸，周边没人，只有我自己知道自己的当时。

我立马想到了以后对待父母的方式。书上说：父母在，不远游。我曾经一次次出走，去看路上的风景，可是在路途中，他们还未老，所以基本放得下心来。唯一的一次比较远的出门有一个多月，这是自己都会小鸡啄米似的同意，绝无二话。领了出差补贴，一个人往北走。前途漫漫，前程未卜。但好在有出发。巧的是，那也是一个春天。

我坐着绿皮火车，辗转坐客车，长长的光阴在车轮下变得支离破碎，却充斥着意犹未尽的声音。我像一个和这个世界毫无关系的人，走在陌生的街头，走近陌生的人群，用自己的嘴皮子，用自己的宣传单子，敲开一扇扇门，叩开一扇扇心灵的窗户。有的人打开了没合上，有的人打开了就合上了。

我在生活的空隙里，赚自己的一日三餐。每一个日升月落，饭馆里的饭菜都被我"九九归一"为春笋的味道。笋的头上是一顶帽子，遮风挡雨。笋的下面是一个潇洒的旅人，偶尔落寞，多半独行，为自己，也为伊人，向着生活的方向勇毅前行。我一直把这样的描述，定义为自己对笋的理解。它不是一盘菜。它更像是一个活生生的人，尽管沉默不语，却道尽了所有的人间长短，爱恨情仇。

笋走来的时候，是不说话的。在山西，我惊讶于见到春笋，一如我所知的依旧甚少。本以为只有江南有春笋，没想到"醋坛子"里也能长出笋来。

这盘笋，在一家旅馆里。我在那里待了近一个月，老板娘和老板都是好人，他们给了我类似于包月的租价。价钱不贵，服务热心，房间挺小。他们晚上睡觉就在我的对面，我的窗子朝东，他们的朝西。夜晚的时候，我躲在房间里看电视，楼上楼下有电灯电话，来来往往的旅客来此入住图的是一个便宜。如果还有其他的原因，我想是房东比较客气，为人热情吧。

有些住客盘缠不多，打工仔一个，他们还是会通融，并打个折上折。用他们的话说，出来混都不容易，能行个方便的话自然不在话下。

我喜欢北方人的豪爽，就像信天游的腔调，空阔悠远，随性随心，可以喊，也不会失去韵味。那盘笋，终究是住进了我的心里。

那是一碗牛肉春笋。牛肉是配角，呈现一种颜色。春笋是主角，鲜嫩闪亮，像红地毯上的明星。她不妖艳，但清新。衣服清新，嫩黄，白扑，上有一层油辣椒，香味扑鼻。

我定位了那里的地址：山西省，长治市。再具体一点的旅店名，我忘了。但是如果再让我回去一趟，我一定还能找到。这是美食赐予我的解惑功能。

一张四方桌，四个人。假如一定要算外人，那自然是我。江南的西湖，他们去过，提起过，说很美。我也回复说，山西的风光也很好，绵绵春雨无寒意。还有一个人是他们的女儿。她准备考卫校，嘴角泛起微微一笑就倾城的美。青春的气息，离我不过两三盘菜的距离。

我们有一句没一句地聊着。我没有说很多的话，多是在应答。一问一答的那种。心里的思绪此起彼伏，一下子是自信的超人，一下子又回落到混迹天涯的游子。我不知道自己的未来在哪里，自己要往哪里走，是不是要在这个地方多待几天，抑或是等有些消息的到来再作打算。一切都是游离的，像池塘里的蝌蚪，却也未能跳出池塘。毕竟，还没成为青蛙。

她突然抬起头，看了我一眼。那一眼，是极其认真的。我感觉到了。我也刚好抬起头，几乎是同一秒之内。这样的举动来自专一的感受。我们四目相对，她说，你吃菜啊。我说，好的。最喜欢吃的是笋。

她爸顺势就把一盘笋举到了我的眼前。另一盘叫不出名儿的鱼，挪到了他的正上方，右手的位置。我和她则是四目相对。有一些想说未说的话终于还是没有说出来，或是问出来，或是表达出来。

我觉得，还不是时候。

我也觉得，自己是个过客。

这样的自我感觉，后来也一直缠绕在我的内心深处。

我不喜欢走向太过熟悉的人群，也不喜欢伤了面子而让别人帮我做事，哪怕是一件看起来很小的事。这样的意识，投射到感情上，或许就是对一道菜的感觉。比如春笋，我对它是热爱的。可是一盘江南的春笋和一盘北方的春笋也总隔了一些路，她很鲜，是小鲜笋。我有点老，是一片腊肉。没有好的厨师，不赶上千里路，是凑不成那样的奇妙的。

这也许是我的想当然。在那些餐餐有肉、餐餐有笋的春天，我没有春天的遐思，也没有对故乡的怀念，甚至想在那里安顿下来，用一次次的小成功去实现某种可能。白天，出门打拼去。晚上，归来，在旅舍。熟悉的人，亲切的人，会提醒我的人，会鼓励我的人，并不计较身外之物的人，笃定我的某种不一样的人，都让我对那里的爱多了一道道理由，像伤疤，也像胎记，有隐隐的痛，更多的是前世今生的缘，包裹了我的现在和过往。

我记得，空下来的那几天，我也走进厨房，系上围裙，拿着菜刀，将一支支春笋安静地放在砧板上，手起刀落，轻轻落，切成思念的形状，切成柔情的话语，切成浪漫的想象。窗外，有春雨。春笋在某个角落安睡，风一来，雨一敲，太阳一抬头，就从土壤里探出头来，开启了另一段新的跋涉，惊险未知，坎坷未知，昂扬未知，红火未知。

我熟练烧菜的某一天，现实把我拉回启程的清醒。我知道，我得走了。我在这里待得也挺久了，每个晚上的安静时光，是我一生都不会忘记的美好时刻。不一样的春，不一样的笋，我品尝过，感动过，领悟过，就够了。况且，我也试着转换自己的身份，让单纯的接受变成自发的付出，明白了或明或暗之间需要的某种能量守恒，前赴后继。

第二天，太阳照样升起。我翻开在那座城市买的一本杂志，看到几行字：

分别时，看你落泪。我笑着说再见。洒脱，不是无情，而是情到深处。眼睛默默含满清泪，不知是阳光照花了我的眼，还是我的眼里装进了花。

再一次想起一句话：偶尔确实有这样的事，你爱上某人，当时没有注意到，事后回想起来，已无迹可寻。

所幸，春笋已入心，橡皮擦不掉。

清水龙虾

1

清水龙虾，是作为开化人的自豪。本人也见过诸多山水，得出的感觉是：自然风貌佳的地方，美味食材的产出率高，就单体而言，其味道更正，更经得住越来越挑剔的嘴。

一开始，我也好奇。为什么同样是龙虾，还要分得这么清楚吗？清水的，不清水的，有什么区别？这是按它们的"居住地"来分，清水的，环境是优良品质，就像是一个地方的出境水天数一样，是可以产生 GDP 的。那么，问题来了。不出自清水的龙虾，它们又出自哪里？又有什么叫法？

我上网查了资料，也问了几本书。大致的意思其实很简单，你说清水的，无非指生存环境好，不清水的多在池塘、泥塘、海岸，只是相对概念上的环境附着物更多一些。清水龙虾的推广和本地的清水鱼一样，我是忠实的随从。这主要表现在思想上，而不是嘴巴上。

因为，对一个过敏体质的人来说，龙虾也非池中物，它首先带着"龙"的头衔，其次才是虾。它是我眼中的海鲜，过敏只不过让它变得更神圣了。就像一个人，一件东西，你不能常常看见，不能想拥有就拥有，那它的价值会更大，更有吸引力。

从自己的家族开始数，从左到右，从右到左，从男到女，从上辈子到这辈子，骨子里喜欢吃龙虾的好像不多，屈指可数。母亲可以算一个，因为太爱吃，最关键的是用她自己的话说，是肠胃好。没办法，每个人总有每个人的优势。想成为吃货，也要有先天条件。我不赞成单纯地能吃，要能吃出个子丑寅卯来，吃出个不胖的身材，倒是令人肃然起敬。此外，较为亲近的人群中，大伯也可以算一个，因为喜欢喝点酒，话也多，舌头太卷。龙虾配啤酒，估计啥都有。其他人等，要么是接触的机会委实不多，除了偶尔的逢年过节，这种比较单一的食之趣还是了解甚少，也无心去了解。

我对清水龙虾的兴趣，一开始是来自别人的口口相传，类似于原产地标志的那种。如柳州的螺蛳粉，武汉的热干面，顺德的双皮奶，厦门的烧仙草，极具代表性。开化的清水龙虾，下意识的第一反应是金村的。被传入耳朵的多了，思维就有了绑定。金村原是一个乡，如今撤并归属于开化县芹阳办事处。金村也是一个村，就在原来的金村乡里。现在，金村还在，我得跟着往昔的回忆，再去一去那里，看一看时不时惦念的龙虾。

对龙虾的惦念，让我对美食有了另一种理解，就是有些东西你不一定要拥有，即使拥有了也不一定要时时刻刻相伴，能吃到就吃一点，吃不到也没必要不开心。毕竟，天下美食何其多，人生又何其短暂，算你一日五餐，也填不满想装下没吃过的美食的肚子。

2

到金村的日子，是那些年的夏天。西瓜在路边摊上等着慢悠悠的过客，把欲望从嘴角上扬的另一头牵扯到不远处的龙虾打卡地。对于龙虾，金村人是低调的。高调只在夜幕降临，只在推杯换盏，只在好久不见子之间。金村人喜欢把龙虾叫作"清水小龙虾"。小龙虾的叫法更亲切一些，像小朋友、小伙伴、小可爱，装着少女的小心思，总是充满了童趣又不失活泼，带着跳跃感，跳出生活一本正经的单调和水波不兴的无趣。

目的地，是个养殖基地。十几年前的第一次，还是新鲜的。新鲜在于，那时的我年轻一些，没到而立之年，精力更旺盛一些，对事物的好奇度也更深一些。何况，带一点工作的性质，让行程变得真实可感，一些想要的，一些想问的，一些想到寻找的，会有旁边的人把你引进去，像是一个导游，给你周到的服务。更好的还在于，自己不用花钱。

这是连片的水田，被两位淳朴的村民整在了一起，勾勒他们的致富梦。我注意到，水田的边上有低矮的屋子，他们说那是农家乐。有人来的时候，烧几个菜，清水龙虾是看得见摸得着的，别人看了放心，吃起来就更开心。彼时的我倒不是关心吃，理由在前文已作了说明。我是想了解，金村这一块发展清水龙虾前景怎么样，有哪些困惑，又需要哪些帮助。或许，我的了解没什么长远的意义，但至少，我对这件事有了更系统的了解。

阳光热烈，清水无言，偶在低处有浅浅的流水声叮咚扑入你的胸怀，让你觉得身处此地的美好。这不是湖泊，不是水库，这是利用自然水体构筑起来的一方天地。天地间的万物，在这方水面上被投影，模样可亲，缓步前行。这已是人间六月天，夏季靠近热的中间地带。可是，雨水依然会眷顾。那是梅雨意犹未尽的回头之惑，也是这个季节该有的任性。从天而降，把我们瞬间请进了屋内。

时已到点，闲言碎语继续，鼻子却溜了号，跟着厨房的方向做了回看客。谁能想到，也许在养殖的老板那里都曾经只是瘦不啦唧的龙虾，如今体态怎么变得丰腴和饱满了。躺在锅里，红艳艳的，像待嫁的新娘，只是还留有一些困倦。它是睡美人，没有跟着锅铲跳动，它进入了另一种状态。

站在锅灶边，掌勺的阿姨跟我说，我们这里的小龙虾可不简单呢，你待会儿吃了就知道了。

我刚想说，我怕过敏。她又打开了话匣子：龙虾好吃，可是进嘴巴也不容易啊。我来了好奇，驱使我追问，怎么个不容易法？

不是难在配料和烹饪，而是难在清洗。

我又说，这不是清水小龙虾吗，怎么清洗也会难？

她笑了笑说，其实龙虾的身上都挺脏的，只是你看不见而已。就像清水螺蛳，滴点油，放在水里沉淀沉淀，还是会吐出一些杂物来。你得在流水里一只只地洗刷，一遍不行，两遍。两遍不行，三遍。这样的山泉水再配上清水养殖的基础，吃起来才味道。

解释一下，"味道"的意思等同于舒服，也是津津有味的意思。本地人形容一种很好的状态（情绪或美食）时，会情不自禁地说出

"味道"这两个字。味道是俗语，也是常用语，自然流露，煞是精辟。

这里的水，我懂，和自己的老家一样，味道有点甜，是农夫眼里的山泉。天然的食场，龙虾壮美洁净，是盘中的当红炸子鸡。看着一大盘通体鲜红的龙虾，我也抛开了顾虑，和同行的师傅一起，提了提嗓子眼，开动筷子，捋起袖子。这清水龙虾，虾体看似坚硬，其实内心柔软，有妇人之仁，经不住嘴巴的厮磨。牙口好的人，稍一用力，就看到了美食的珠穆朗玛峰。虾肉入口，鲜香弥漫。众人大多各顾各的，偶尔一抬头，只不过是为了从一大盘中再挑出，或夹出自己喜爱的龙虾罢了。

美味由舌尖浸入心底。我怀疑我是不是产生了错觉。没错，那是我这辈子第一次吃龙虾。而且是吃着碗里的，看着锅里的。心里的欲望和舌尖的欲望交织在一起，让我不想停下来，多吃点。那丝丝入扣的辣味，只是其中的一种做法。掌勺的说，清水里出来的龙虾，在饭桌上走的路可以更多元一些。红烧，椒盐，清蒸，蒜蓉，冰镇，怎么做，怎么都能好吃。除非手艺太差，除非心不在焉。

我默默地记下了，心想此次回头之后，要和龙虾，尤其是清水龙虾多接触一些，以抚慰这颗凡人之心。

3

我要写小龙虾，原因也是多方面的。作为码字的状态来说，在夏夜对着电脑对着书本，都不会让我觉得时间在虚度；相反，我愿意牺牲一些，静坐。从静坐里理解的喧闹，是另一种意味，是心甘情愿认为的"当下"。

　　小龙虾也是这样，它通人性。懂它的人，它会给你回馈。我不知道小龙虾是怎么火起来的，但至少有一个引爆点。那时候，听到最多的就是龙虾节，就像时下流行的淄博烧烤一样，已然成为一种现象。盱眙龙虾名震江湖，爱吃的人都知道。全国各地的大小饭馆，我想在夏天如若有人盘点，很多店里都会至少有一只是盱眙龙虾。就像我们衣服上的纽扣，随便摸上一颗，都有百分之八十的概率来自义乌。我相信，一定是那些的盱眙带动了人们对龙虾的向往，在每一个本土尘埃落定之后，演化了诸多版本，味味相传，有了蝴蝶效应。

　　我从身边熟悉的人和事出发，让小龙虾的概念更清晰一些。老家有个邻居，小我不了几岁。他是个吃货，小龙虾是他的夜宵主打。偶尔在"圈里"看过他发的图片，正好让沉浸于文字的我垂涎三尺，但我得忍着。一来，大多数人都知道我不吃夜宵，二来我吃小龙虾如遇"海市蜃楼"，简直是千年等一回，没什么人看到，也没人知道以前的梗。于是，功利性地从他那里入手。他让我知道了小龙虾怎么烧才会香，不会腥。因为，耳边似曾传来过龙虾烧不好，腥味自然有的传言。传言不一定完全是传言，因为总有传的人是带着一颗真心，说着真话。

　　怎么烧？大火爆炒呗。用浓烈的白酒去刺激。用味重的辣椒和姜蒜去逼。火是自然的，主攻手，等同于《水浒传》里的一个人，江湖名号轰天雷，真名叫凌振。轰天雷上感应天，下呼应地，十四五里远的射程，如雷贯耳。无巧不成书的是，龙虾里也有"十三香"，不知道是不是能飘香十三里。这个老邻居告诉我，小龙虾的香是逼出来的。后来，我又问他这个问题，他说，过去七八年了，还这么勤学好问啊？

我弱弱地说，我最近在研究开化本地的清水小龙虾，想知道做法上有什么讲究。他看了我一眼，说道，就我个人的经验来判断，所有的小龙虾的香味都是逼出来的。一道美味看似复杂，其实也无外乎炒、煎、熬、蒸、煮、炸、炊，花样并不多，技法却要各凭本事。

我若有所悟，但因为没有实操经验，就没有底气去发言，只能点点头。但是，对于香味是逼出来的，却有了瞬间的共情，心里想着，人生所有的美好，大抵都少不了"逼"出来的功劳，很多时候，我们自身的惰性阻挡了向前的步伐。

我继续在味蕾的追寻中让自己更清醒一些。美食精髓的终极考问从来没有答案，只有不断地挖呀挖。报纸上看到说，小龙虾在全国各地绽放，烟火四起，知道的人不要太清楚，不知道的人也只能"望虾兴叹"。湖南人爱茶香小龙虾，湖北人把榴莲和进了小龙虾，四川人把菠萝融进了小龙虾，福建人是奉酸菜小龙虾为"无事小神仙"。更值得感动的是广东人，吃小龙虾，陪同的是三更，是半夜，是月明星稀。

想起来的印象深刻的瞬间还有在湖南。那一年，和一位朋友去玩。两个人刚坐高铁抵达长沙南，没走多少步就看到了"长沙小龙虾"的广告。一时心动，迫不及待拿手机拍下相遇的美好。感动我的不仅是文案，还有长沙人对小龙虾的那种热爱，那种自信，那种想分享于全国人民的大气。想来，长沙小龙虾是有撒手锏的。我想，撒手锏还是时间。因为，长沙是一座星城，星星不落山，越晚越热闹，让你怀疑长沙人是抹了不老霜，喝了神仙水，晚上打了鸡血，大街小巷处处是摊子，处处闻着串串香。这串着的，也有小龙虾，我见过。但当时还是忍住没吃，我害怕在吃这条路上不把好方向，我会成为一个"胖纸（子）"，那样对我来说，寻求美食的初衷就变味了，也不值得。

　　很多人是适合安静的，就像很多人只适合热闹。每个人都有他的短板，这或许是一种与生俱来的特质，外表的呈现大多充满了反差，不易觉察。家乡的小龙虾，清水的，如今也飞扬驰誉了。出名，是因为发达的网络。出名，是因为在江南，这座环境又出众长得又佛系的小城，美食给了她一件华美的外衣，楚楚动人。咬一口气糕，是辣的。吸一嘴清水螺蛳也是辣的。小龙虾，也是一样，辣得不一样，和别地儿不一样。不一样的感觉其实有迷惑性，主要是人的直觉，被环境蒙蔽了，被那条人声鼎沸的临湖路诱惑了，被露天大排档摆着的啤酒，被粉红的一碟花生米，被吃货口中念念不忘的那些"圣地"，它们是"三兄弟"，是"新粗菜淡饭"，是"阿兰小厨"，也是"渔家傲食府"，还是"家里的土灶""妈妈的厨房"。虾背红亮，肚爪晶莹，肉质细腻，味道极鲜，是大众的点评。我想，除了啤酒，开化本地的豆腐干、气糕、矿泉水、卤猪肝等都能来捧个场，凑个热闹，说不定会被歪打正着，明媒正娶。外地的，酱油可以来赞助。牌子最好还是"海天·味极鲜"，因为这里的清水龙虾真的是味极鲜。

　　每个店里，或许都做过这样的一系列动作，像是组合拳。龙虾从尾部抽出肠子，加料酒和盐，拌均匀，腌制片刻（四五分钟），然后将蒜一半切指甲片，一半蒜蓉，把葱切细，将生抽、蒜蓉、干辣椒末调成一个鲜辣味碟，香醋做一个味碟。继而取一锅，烧热，加色拉油，下姜片、蒜头片、花椒炝锅。等等，还没好。行百里者半九十，烹饪也是这样。最后一道工序少不了，加汤汁、盐，下清水龙虾，一个字：煮。煮多久呢，大厨会说，一般二十分钟。后面的就是装盘了，就是在食客时不时抬起的头，望穿秋水的眼神里，随味碟一起上桌。

　　高颜值，蘸料也连着香。谁看了谁难过，嘴巴难过，心里痒痒，上头自然是少不了的，像炫迈口香糖——根本停不下来。五千年的文化传承，大快朵颐的冲动，头部一拉一拽的爽快，虾头下了。再一手顺着虾身，一手捏住底部，加大其中空隙，扯出虾肉。这是征服的欲望，也是抛却烦恼的最合理解释，又或是情侣之间考验感情的媒介，不是好奇害死猫，而是"爱他（她），就为他（她）剥虾"的强大辐射功能，男的慌慌张张，女的如领圣旨。

　　你有没有在深夜收到这样的图片：小龙虾红艳艳，虾壳都是透明的，红油汤汁浇灌，显出富贵黄。干椒段依然在，浮浮沉沉君不见，若有麻椒，那是灵魂歌者，占据夜场的喊麦王，给每个看过的人胃口上一记记重拳，让明天不再遥远，黑夜不再漫长，招手即来，打嗝而回。

　　这样的江湖里，清水小龙虾是玄冥神掌。

酸辣汤

1

越简单的东西，越有味。这种简单又不光指简单，而是化繁为简的简单，或许最妥帖的冠名应该叫"简约"。我在简约里，看到一碗酸辣汤的流年。我想不出更好的名字，尽管在落笔前，就想给它一些称呼，但加上去了反而画蛇添足。不就是酸辣汤吗，不需要什么噱头。也不仅是酸辣汤，更不用什么噱头。

让我想想，关于汤的最早记忆。那是一碗咸菜汤。喝汤的人有三个。喝汤的地点在我的老家。乡下的老房子。那时候，左邻右舍之间的走动比较频繁，谁家有啥事，喊一声就会闻声而来。那时的厨房也是四面对应。犹记得，我们家的厨房朝西，有细钢筋切成的"井"字形，最开始时被父亲绷了一张塑料皮，两头借着木板的框上钉上了小铁钉。一到夏天，风雨交加，塑料皮会撑不住，滴滴答答，让厨房特别热闹。到了冬天，风是主角，吹得两平方米不到的空间呼呼作响。在冬春交接的当口，风和雨就把它撕裂开来了。父亲倒是有性子，一次次地买来新塑料皮，让窗户继续明亮，让厨房依然保持某个细节上的生动。

这个二十来平方米的整体空间，是小伙伴的集聚地。夏日的午后，没上学的暑假，是最惬意的时光。大人们习惯午睡，村庄进入短暂的休眠状态。我们几个小屁孩也是无所事事。去屋后的沟渠里捉鱼是首选。罐头瓶、簸箕、小渔网、塑料袋都是标配。出发很简单，但是看似满意的收获，只是小小瓶罐里的空间。小鱼小虾不会拿来下锅，只是欣赏。在玻璃小瓶子里放入小石块，扯几段水草，水里的世界便生动起来。下午三点多，肚子已开始叫唤。叫唤的原因很简单，因为付出了"劳动"。在水里浸泡，俯下身子找寻一块块石头下的"蟹大侠"，都是消耗能量的事。我们一边想着村里的吆喝声怎么还没响起，一边想着那个卖馒头包子的大叔是不是自行车坏了，于是肚子更饿了一些，等待变得漫长。

我想到了一个办法。因为我知道，吆喝声会来，馒头会来，包子也会来。但除了这些，似乎还得再加些滋味进去，以抵挡这些个循环往复的岁月，暑假作业不多的暑假。目标是奶奶的厨房。她的厨房离我隔了一个堂屋，加一个小走廊，厨房在东北面。门也是木门，饭后都是用链条锁锁着，但是链条的节有一个个节点，一拉可以有十几厘米的空间。这就让我有了空隙可钻进去。我自己也不知道是哪一天发现这个奥秘的，头伸进去，身子一侧，居然可以，不会太挤。我知道，还好那时候小，也瘦。进去的目的很简单，打开那个散发着"古董味"的橱柜。橱柜是太爷爷做的，是传家宝。上面的四扇门分别对应了四个字，那四个字我依稀记得，但不敢说是完完全全地正确。毛笔字，笔力遒劲。打开来，都是我认为的好菜。尽管这些好菜，很多个中午，奶奶都会叫上我和我爸。而我爸去吃的次数少，我是一叫就去。

可是，在爷爷面前，我还是缩手缩脚，隐藏了对美食的欲望。他目光如炬，在小四方桌上的独饮，总让我每每想起有说不出的感觉。是一种奇怪的感觉，仿佛一个人的心事。我不敢打扰，也不想打断他的那种宁静和悠然。菜品，是肚子里的初始欲望。所幸，奶奶最懂我。在爷爷酒足饭饱后，会悄悄地叫上我，又到她的厨房里，端起一碟我最喜欢的菜，用筷子横着滑溜到我的碗里，那种幸福感油然而生。我也知道，爷爷并不是不让我吃。只是，很多时候，这个世界上的道理都是相通的，你不说出来，没人知道你的想法。隐藏的欲望，若是无人懂得，自然只能悄悄地埋藏。

我还是发现了我想要的惊喜。那是一碗咸菜。咸菜里面有肉。那可是乡下人最逃不过的下饭菜。下饭菜在堂哥堂姐的饭盒里，也在干过粗活的父辈随着携带的菜单里，咸菜肉，咸菜青椒，油光光的，是最简单便捷的关于一顿饭的主食的期待。把盘子端出来，小心翼翼地从门内往门外传递，菜放在地上。那是水泥地和碎土地的交接处，我身子抽出来了。到了妈妈的厨房，提议从脑门蹿出来，搞点咸菜汤吧。原因很简单，也很贴合实际。主要是因为其他的菜不好拿，这个菜即使被动了手脚，爷爷也不会怪，奶奶更不会怪。更直接的好处是，这个咸菜汤我看到父亲拌过饭，黄黄的汤色，黑黑的咸菜，中夹白白的米饭，闻着是香香的，类似酱油香。被泡过之后，入嘴更软糯，中和了咸菜原本的僵硬感，更显出原始的味道。

一碗咸菜汤就被几只碗、几双筷子、几个毛头小子捧上了天。天之下，是真实的人间。包子来了，蘸一点汤汁，瞬间吸收，仿佛是前世的五百次回眸，换得了今生初见的欢喜。

2

汤汤水水，也是红尘味道。没有人可以忽视一碗汤，正如没有人可以忽视生活中的看似不起眼的每一天。对于女人来说，饭前喝汤，身材不慌，自然有一定的道理。但对我来说，遇见汤，无疑是穿起了过往的日子，让回忆变得值得。生活，不是你过掉的日子，而是你记住的日子。

老家河南，是我认为的遥远故乡，根植内心的故乡。中华文明源远流长，很多姓氏都发端于此。那一年，去的是少林寺。出发前也没有太多的想法，只是从小到大的一个未了愿有了脚踏实地的心安。父亲曾在村庄另一头的乡林场办过公，我喜欢到他的办公室去。办公室连着厨房，建在一座临溪桥边，夏天蝉鸣四起，冬来白雪压柳枝。天是冷的，比现在冷多了。屋内有火，偶尔会停电。也有手电筒，值班时我偶尔和父亲同睡。彼时喜欢舞刀弄枪，白日里便缠着他给我做。主要的工具是一把砍柴刀。砍柴刀都不小半弯，手柄由细圆木套入孔内而固定。用久了，为防止外脱，可以直着在地面敲抖数下，以回归其紧致。当过兵的他，总希望我能学点武功。我不自觉地受到基因的熏陶，喜欢打两拳，踢两腿。看过电影《少林寺》后，更是心驰神往。出发，上路，是一个人的另一种欢喜。这样的欢喜，也许不一定要得到别人的赞同和默认。

到达郑州，已经是下午了。夏末的午后，阳光照在老火车站的上空，对面是一个宽大的广场，很多广告瞪大了眼，带给你感官上的刺激。原来，郑州火车站的出入流量可不是吹的啊，穿梭的人群带着茫然，也带着希望，停留或等待，只为下一站。我看着那些牌子，不由得走得更近了一些。一些拿着牌子，写着吃饭住宿的内容的当地人热情地涌上来或跟在身后，对我说，吃饭吗？我说我吃过了。她们的意思是要再补充能量，当晚饭前的"小餐"。我自然明白其意，心想着也好，那就歇一歇，再赶路。郑州到少林寺还是有班车的。

在车站边往广场东南角落的一条小街边停下来。捧着菜单看了两三分钟，举棋不定。在密密麻麻间距不大的一张塑封的单子上面，找到了"胡辣汤"三个字，想起了不知道几年前在福建吃过的一种汤，汤名忘了，方言发音似乎与此相近。汤里面的料很足，是一些杂碎，有点辣也有点甜，在路上被吆喝声打住，买了一碗，五块钱，一口气下肚，旅途疲劳顿消。喝胡辣汤是当时的决定，郑州价是六块钱。我说，来一碗吧。后面又来了几个人，学生模样，想来还是冲着这一碗汤而来。我竖起耳朵，得近水楼台之便，听到了一些消息。他们的行程类似于今天的"研学"，学的是传统文化，武术精神我想应该是核心。

吃完这碗代表河南特色的胡辣汤，我又开始了赶路。它的烫，它的辣，它的微酸，它的胡椒味，它的多样料头，除了产地不同，我发觉不出与自己家乡的有什么不同。这碗发端于唐代，兴盛于宋代的汤食，必然也见证了一朝一代的兴衰。而我也在从郑州赶往少林寺的客车上，顿悟到：每个人行走时的状态，也是阴晴圆缺，冷暖交替的。我们在看着外物的同时，无疑也在反射自身。行走的过程于终点而言并无多大的意义，但是对于经历而言，是潜移默化的积累，渗透到行动中，影响到骨子里。

3

接续一碗汤的话题，以胡辣汤为例。话说北宋南渡之时，大量中原的士族随之迁居江南，和风细雨的江南并没有让他们忘记来时所要留住的传承。这个传承的主要内容是文化的传承，美味的传承。只不过随着时间的推移，子嗣的延续，胡辣汤被改良了。说是辣味太浓，降了一点。说是酸味太寡，增了一点。这一降一升，江南的味道就出来了，贴上了地理标志。

在江南，无锡的酸辣汤最有名，我是想不到的。想不到还好，幸好去过，有遇见樱花般的喜悦。我想，如果无锡的哪个厨子能在胡辣汤里加点樱花进去，河南人肯定不会反对。原因是什么呢？无锡和河南早有渊源。以前河南发生自然灾害，无锡的工商界便首当其冲，大臂一挥，发起救灾之举，且数额不小。近一点的不过也就二三十年前的事，三门峡人不会忘记无锡送来的米粮油布。

一月，天寒地冻，所有的人都习惯于缩在被窝里，享受偷懒的乐趣。总有一个人默默起身，做那个早起的人，煲一碗汤，让身子热乎一点。这或许是值得铭记的感动。我想，酸辣汤可以代这个言。

二月，雪纷纷落下。低调而迫切。遥远的时光仿佛年迈的老人，让屋檐翘角都沾满了浪漫。可是，一碗汤还是以不同的形式存在，江南，漠北，海西，河东，暗暗积蓄迎春的力量。在火锅里，是浓汤。在锅灶里，是滚汤。在进嘴之际，是舒展的面部肌肉。

三月，春意微浮。童趣唤醒了烦闷的空气，柳条被炊烟缠绕，偶尔抓一条细看，已经泛起青晕，如一碗汤里的青葱，清新而隽永。

四月，春天走向一年的最繁华处，一碗汤欲与天公试比高。发热，开胃，醒酒，去腻，南北融合，六合八荒，让你分不清它是一碗汤，还是一道菜。是酸辣汤，还是汤的味道是酸辣的。闽味、川味、湘味，美美与共。

五月，我和酸辣汤有个约会。约会不常有，用心才珍贵。自己想，就得自己靠近。火腿一根，切成细丝。木耳浸泡，走前人的路。金针菇洗净切断，嫩豆腐切断，高汤，烧煮，火腿、木耳、金针菇入内，放大火。淀粉跟着来勾芡，浓稠依心来。鸡蛋液打散，倒入锅里，勺子轻搅，调料迫不及待了，该点缀的也没有忘记跟上队伍，眼看美味在前。身后父母在看，有欣欣然。我想着，自己等哪一天老了，也能喝上热汤稀饭，把简单坚持到底，或许生命的长度会更长一些，更经得住想，经得住回味。

六月，满月都是音乐的节拍。所有大自然的耳语，都化成了每个人眼里的绿意。绿是一种静，安心的静，刮去浮躁的静，一碗菜里的潜伏者，一碗汤里的田园诗人。这碗酸辣汤，和打工人的关系最好，见面的机会更多。它没有葛粉汤那般娇贵，有菊花和鲜栗子的簇拥；它也没有木槿花那般勾搭，一定要配上农家的猪筒骨才有开化味。它独立，不想依赖那些山珍的名气来让自己看上去高大一些。它有可能被鲫鱼汤恨过，抢了它的主场；它也有可能被米羹嫌弃过，类似于模仿，却形成了快速的超越，如短道速滑，让人猝不及防，暗生妒意。

七月，我坐在一棵树下发呆。抬头看，天空繁星似海，深邃而恐惧。凉意袭来时，我看见端着一碗汤的竟是小时候看过的老人，目光憔悴，眼神游离，像拾荒者，也像盘地而坐的流浪汉。没有明晰性别的能力，也没有细究生活之下的内心。和我很像，也和你很像。让你明白，这世上不是所有的哀愁都是相同的，所有的表象也不一定就是表象。

八月，所在的城市举办了一场盛宴。像是在梦里，更像是躺在儿时的故乡。很多人从四面八方赶来，带着自己的意念。该带的似乎都带来了，一切就绪。自然的，疏远的，未见的，都在一颗匠心里化开了。台上的人诠释着大道至简的故事，朴素的着装包裹了不寻常的妙想。一道菜可以怎么发挥，也许不在一道菜本身，更在于它所要表达的种种。

九月，翻看一本书。书上有一首诗，诗名《麂》："永与清溪别，蒙将玉馔俱。无才逐仙隐，不敢恨庖厨。乱世轻全物，微声及祸枢。衣冠兼盗贼，饕餮用斯须。"《说苑》亦曰："鹿生于山，命悬于庖厨。"又联想起了一部纪录片——《月亮熊》，作为亚洲黑熊的绰号，盖因其胸前长有一弯月牙状白毛。浑身黑毛，大耳萌萌。爪子壮实，憨态可掬。有人曾长久凝视，有人孜孜以求，它们的伤口或许没有人能抚平，正如我们对过往岁月的记忆。尽管在看不到的地方，有人如痴如醉地日复一日守护，可守护只是守护而已，并没有阻挡舌尖上的热浪袭来，不计前路，不生敬畏之心。

十月，读清代诗人蒋坦的诗："寂寞园中树，飞花委绿苔。春风吹易落，何似不吹开？"想起"春风春雨有时好，春风春雨有时恶。春风不吹花不开，花开又被风吹落"！想起"也无风雨也无晴"，还想起了李玉刚《菩提》里的：不远不近，不生不灭，不垢不净，不增不减。

十一月，无所事事，看红尘滚滚。酒场里众人猜拳喝酒，我溜出来，在冷冽的北风推搡下，要了一碗清汤牛肉面，嫌牛肉不够，又加了一份，鬼使神差地点了一支烟，一边抽一边吃着，两团烟缠绕，像给自己的拥抱。

十二月，开始害怕未知。在漆黑的夜，听见自己的心跳。村落间有鞭炮作响，熟悉而又陌生。回声由远及近，在山峦间撞来撞去，也在屋内的四壁穿针引线。一些食欲随着往事翻上来，大鱼大肉，烟熏火燎，终究不长情。倒不如烤鳗鱼、天妇罗和味噌汤，又浓又稠，却也色香味考究，对味，也对胃。

一切戛然而止，一切死而复生。在一年的轮替中，饮食男女的模样映在一碗汤的主场，一碗酸辣汤的围裙上。由此想到，不管岁月怎么走，一碗酸辣汤还是有其存在的意义的。简单的人执念于它的简单，节俭的人寻求它的节俭，怜悯的人安放它的怜悯，每个人都能找到属于自己的心经。

一道菜的回归，当如《尔雅》所云：春猎为搜，夏猎为苗，秋猎为狝，冬猎为狩。这一点，酸辣汤做到了。来去不迷路，来去顺自然，善哉，善哉。

腐乳香

1

中国人对大豆的情感，是全面又细致的。你想啊，它是菩提老祖，带出了那么多的徒子徒孙，可谓桃李满天下。这么多的分支，辐射开来，像遍布的钱庄，让你睁眼闭眼都能寻到它的蛛丝马迹，这一思一寻，心上便多了一道道记忆。正如追求一个女子，总要费点心思才更会珍惜。一见钟情的除外，彼此都省心，省得磨磨叽叽，好不容易在人群中怦然心动，那就相爱吧。

说回大豆。大豆，豆粒金黄，又称黄豆，位列五谷，看的人多，研究的人或许很少。年少时，农村里打稻机常常可见，稻田里是它们的工作现场，上面往往写着黑黑的四个字"五谷丰登"。五谷丰登，是哪五谷，很多农人不一定说得上来，因为它涵盖了大江南北的农作物。

五谷者，稻黍稷麦菽也。其中的"菽"，便是黄豆。五谷丰登，自然代表了粮食的丰收。黄豆，来头不小。最直观的印象来自书本。

语文课本里说："煮豆燃豆萁，豆在釜中泣。本是同根生，相煎何太急。"好像告诉我们兄弟要团结，不能互相残杀。也告诉我们，急中生智可以救自己的命，当满腹才情化为一行行诗句时，曹植的救命稻草是一把大豆，大豆是他的幸运物。也是在语文课本里知道陶渊明不为五斗米折腰，归田种地。"种豆南山下，草盛豆苗稀。晨兴理荒秽，戴月荷锄归。"他似乎乐在其中，享受了常人眼中不愿享受的"看开"两字。这样的情况，历朝历代实则屡见不鲜，这是大豆的弦外之音。

晴耕雨读，耕的是物质，读的是精神。黑夜和白昼轮流值班，所以古人便不舍昼夜。大豆和土地有着深厚的感情，没有肥沃的土地，就没有饱满的大豆。没有饱满的大豆，土地也会无地自容，它会觉得它的胸襟不够广大，竟然不能让大豆饱满、鲜艳，在餐桌上出一把风头。大地也是要讲面子的，它被人们世世代代歌颂，也被人们世世代代思考，自然有属于它的道。

腐乳，豆腐乳的简称，就是大豆家族的重要一分子。它是大豆中的贵族，就如矿泉水中的"百岁山"。出名了几百年或上千年不可考，但因其地道的风味，完美地融合于各地并自成一体，则是它动摇不了的大众认知。豆浆、豆花、嫩豆腐、老豆腐、豆腐皮、素鸡、千张、油豆腐、臭豆腐、茶干、腐竹，它们是豆腐乳的亲戚，各自奔赴在每一道菜里，体现自己的价值和特质。这一切，都源自那个曾经叫菽的作物。

2

记得养生节目里说过，每天要吃一个鸡蛋，要吃一些瘦肉。除此之外，还要吃多少道菜，满足多少种元素配比。这让我想起了小时候和奶奶一起坐在大堂里看电视的情景。

她喜欢看电视，眼睛在七十几岁的时候还是很好使。对于画面上的内容，有时候她会问我，但大概的意思都懂。在一条凳子上坐得时间久了，我还发现她喜欢看家庭情感类的电视剧。剧情有民国风的，也有婆媳风，还有宫斗剧，对剧情的把握和揣测也很到位。连续剧连着的效果就是，会让她的孩子、孙子有想吃夜宵的冲动。

那时候，父亲也客气。每天晚上知道我作业做得早，效果还不赖。到了九点多，就笑眯眯地问我，肚子有没有饿。我到厨房里去弄点吃的。有时候原本毫无饿意，但经他一提醒，似乎吃点也可以。但是不想过程太麻烦，等待的时间太长，想要的是"速效救心丸"，便说，煮点稀饭吧。电饭锅已经有快煮功能，煮出的稀饭也香。尽管，从记忆深处的记忆来说，最香的稀饭是在大锅里用山上砍下来的柴烧出来的。火苗蹿，新米香，锅里细小的翻腾都被看在眼里，馋在心里。热气可以治口舌生的疮，锅底的米汤也是美容的"土货"。这是一粒米的外传，但在我心里，稀饭是一粒粒米出席的慈善晚宴，美丽动人，让我很想找个舞伴，陪它一起跳一支舌尖的舞蹈。

豆腐干、花生米、时令的蔬菜，早上买的包子、气糕，只要被一口锅被几滴油再滋润一番，就有了另外的口谕。稀饭好了，父亲说。我到厨房里拿碗，踮着脚打开菜橱的门，左看看，右搜搜，并没有看到理想中的配菜。对一碗稀饭来说，我要入嘴，有配菜就好了。

花生米，要不要？

不要。

豆腐干呢？

也不想吃。

有没有豆腐乳？

妈，你那边有没有豆腐乳？

我听见父亲快速走到堂屋，问坐在藤椅上的奶奶。奶奶瞬时起身，挪着她的三寸金莲往她的厨房里去。

豆腐乳被装在一个圆圆的青花小碟子里，她说。还好，这是霞山侬（小姑姑的土名）前几天拿下来的，你放到你那边去。

父亲点头，叫我到厨房吃。我借着黄黄的灯泡光，看着碟子里带着汤汁的豆腐乳，食趣盎然。长长的筷子，我用力往后握。因为，常听村里人说，筷子握得长，老婆讨得远（老公找得远），我就想试试能不能找个远点的老婆。这是小插曲。筷子轻轻一蘸倒是真的，用舌头一舔，咸咸的，香香的，舌头卷进去，慢慢地又有一丝甜，接着是从身体里传来的体香，连同打通了身上的精神砝码，妙不可言。于是，循着味道赶紧端起碗来，也不用筷子了，喝一口稀饭，带点烫的稀饭，那样的场景，那样的心情，实际上从时间的站牌说开去，那以后都没有了。

3

想起顾城的诗：我总觉得，星星曾生长在一起，像一串绿葡萄，因为天体的转动，滚落到四方……思绪回收进脑壳之后，我开始对豆腐乳有了传承的责任感。也许传承的方式很简单，只不过是嘴巴上一说，愿意尝试的人寄个快递，或是给个号码，但我觉得这样的方式也有它的意义。

没有什么东西一开始就是伟大的，就像苹果落地。豆腐乳有三大类，青方、红方、白方。白方接触得最少。青方是臭豆腐的雅称是后来才知道的事儿。红方更有亲近感，本地的菜市场走一圈，身影也不难发现。就像逛街我习惯逛僻静的街巷一样，总觉得小处或许有不一样的惊喜。梁实秋先生曾说过，生平快意之餐，隔五十余年犹不能忘，所以我盼望着日子过得快一点，等到某一天回过头来，再看当下码下的文字时，这样的不能忘更扯得长一点，至于功劳簿上，记的第一笔定然是豆腐乳。

我还想提醒他，为什么把豆腐写得那么好，不顺带把豆腐乳也写上几笔，毕竟是大家，若是点上某地的豆腐乳，无疑是最好的美食宣传语了。他对凉拌豆腐、"鸡刨豆腐"、锅塌豆腐都有沉浸式的描写，把话说得明白，连店名也具体，是名副其实的美食攻略。

我倒是颇有感慨。感慨的是，被生活的琐事缠绕，即使落日后可归，但已无寻街问巷的雅致，对一日三餐因久困于惯常熟稔之地，兴趣稀薄，不想走在街头，一路偶遇，一路寒暄，一路曲曲折折未尽其事。

那日，远方一好友通过办公室的电话辗转联系上我。我连忙翻出手机，点开他的微信，原来工作变动或其他原因，微信号已更新。后来，打通我的号码，又重新加了一个新号。我感慨毕业多年，作为曾经的学长，曾经的团长（记者团），他的语气依然自信，我们的交谈在电波里依然兴奋。可是，却错过了在盛夏里的相逢。本来早就想好的，吃个夜宵，吃个小龙虾，抖起精神，鼓足勇气喝点酒的计划被顺延，连想好的看准的农家豆腐乳都作了从长的计议。见面时带一瓶，回去后给他寄两瓶，慢慢尝，慢慢品，他和嫂子必然爱喝酒，沉溺于吃喝二字，豆腐乳作为小弟的小心意，自然能融入他乡的美味，带去往事的回忆。

此刻，又是一个新老交替的时刻。一天即将结束，一天正在启程。但愿当我的文字在纸上时，我们已经见过面，喝过酒，吃过豆腐乳了。

4

地理坐标，开化西子城。人物，我和我的朋友。总人数，两个人。状态，面对面聊天。原因，小无聊。话题，一个字：杂。两个字：琐碎。三个字：抖音王。

这个"抖音王"也是我们的朋友。先是我朋友的朋友，后才是我的朋友。这话不绕，意思是我是被介绍才成为的朋友。我朋友和"抖音王"年龄差要接近一些，我比我的朋友小几岁，比"抖音王"

更小了十六七岁。但，男人之间的友谊是可以忘年交的。忘年交在于精神之交，简称"神交"。

他混抖音，是多年前的事了。有一回，难得刷朋友圈的我看到一个朋友的留言，心想：他怎么也认得她。彼时，他的朋友圈多是发一发家乡的美景，偶尔也发自己烧菜的事。烧菜多是烧鱼，鱼头滚豆腐，红烧鲫鱼，看得人心里滚烫烫的。抖音最开始是同步发类似的剧情，后来微调了方向，卖高山辣椒，卖土蜂蜜，卖豆腐干，也卖农家里的干菜辣酱豆腐乳。

他是画面里的主角，家乡的风景自然地融合在里面。我看到了几个熟悉的面孔，他们站在一堆高高堆起的辣椒面前，一把把辣椒从阳光下倾泻而下，农妇憨厚地笑，每人双手拎着一大袋，口中念着原味的广告词：高山辣椒，红红火火。没人能看出他的年龄，也许是手机蒙蔽了每个人的直觉，但那种不计年龄，一如既往地走向用文化阐释乡村振兴的路径，似乎更值得被人关注，被人思考。

有一天，我和朋友又在一起聊天。他又和我说起了"抖音王"，我突然对比起对他以前的认识。一开始，我对他的行为不怎么理解，以为都是在吹牛皮，冲着丰富自己 IP 的目的，在演一场戏。可是，后来从进一步的接触才了解到，他还是有他的想法，关于带动村民富裕的想法。富裕，可能不是常规意义上的数字，而是让平和的人们在心底打起奋斗生活的鼓。

至于鼓怎么打，总是要有个带头人的。他无疑是一个小队长，身后是一帮热爱那片土地却难免一路迷茫的人群。朋友说，他最近在山上，然后一边递过手机，一边打开他的话匣子。我有点厌了，叫他和他打电话吧。在电话里，我羡慕他的潇洒。他却说，他现在像一个大师，在深山里修炼。修炼的是什么呢？是关于抖音传播的技能，也是一个人的心境。我说，一个人若能在依山傍水的风景中工作，是福。他所说的地方，我熟。十来岁的时候，在外婆家，我曾和一群人坐着老式拖拉机，一路颠颠簸簸前往一个有瀑布，抬头见蓝天，清水见鱼虾的地方，那里平素人迹罕至，人烟本就稀少，可是那里有我吃过最好的鸡肉、粉皮、白腊肉。如今时光头也不回地弃我而去，我拉也拉不住。难得一见的激动也只在拇指之间，在友人辗转云淡风轻的诉说中，说者无心，听者却有意。

这是我心里的匠心，同样的幻境常出现在曾经相识的人的世界里。它是一张纸，雁皮、楮皮，我听见寒风扰乱了叶落。在一间小院，黄大师的花坛里不少植物上都挂着木质小标牌："杨桃藤""构树""青檀"，还有"荛花"。我仿佛看到一片绿意葱茏之间，纤细而孱弱，却在坚定而执着的眼神里蓬勃生长。它是一块石。爱他的人，夜半抽着烟，喃喃不休，呐呐自语，像是对着远方的情人，说着也许自己也不懂的悲伤和兴奋，将一方山水轻轻揉进《云林石谱》，他不知道好事到底什么时候来。我告诉他，好事已上路，只是在等红绿灯。它是一块陶，和泥土粘在一起，和历史粘在一起，给一片土壤加上了几百岁年龄，给低头行走的人们插上了翅膀，让大山搭上梦想的彩虹。它是一方印，印着落寞的心，印着乡贤的过往，那里深藏着一千吨孤独，也深藏着一万吨烈火，如西藏无人区迷路时，夕阳下那头独狼眼中的意犹未尽，如太行山谷中独自行走时，两侧山峰的山雨欲来。

　　他是这两年我遇见的另一颗心。我想到了关于美食的原始记忆，在一个同样漆黑的夜晚。我试图让自己孤立起来，就像躲进空洞的角斗场，或坐着，或躺着，或趴着，或假装落败，脑海里端来一碟豆腐乳，闻一闻，添一把生活继续向前的油，添一捆悦己悦人的柴。

　　老子说：为无为，事无事，味无味。我深以为然。

5

　　很多食物，其实也是跟着人走的。年少时，你喜欢的味道不见得在以后还会继续喜欢。人间有味是清欢，这样的念头每个人都有。可是为什么，大家都放不下火急火燎的刺激，追求不曾尝过的味道。

　　在生活里，也许奔波的人太多了。你可以做到一时的自持，却难以抵御一日三餐、偶尔再加餐的诱惑。只有在食物面前，有些不易察觉的愁苦才愿意借着某一道味，吃下去，咽下去，消化掉，藏起来，狠狠地封坛，没有天外来物，死也不会打开，宁愿让它成为一个永远未解的谜。

　　豆腐乳，原本也不是我的菜。谁也不知道它是怎么闯进我的生活，我又是怎么抵挡不了其诱惑的。如果没有稀饭，或许豆腐乳的味道就没那么香。如果没有一开始吃到就觉得好吃的豆腐乳，那也不会有继续想吃的想法。如果不想着分享，那一块豆腐乳的天地，无非在一个碟子到另一个碟子之间，吃过的人不至于流连忘返。但我想在品尝的过程中，难免有未了愿。

　　未了愿很多，出师未捷身先死，长使英雄泪满襟，是一句。此情可待成追忆，只是当时已惘然，又是一句。年少足裘马，安知老夫味，仍然是一句。这些句子里的况味，隐含着一种治愈，却又像林语堂先生所说的那种辩证：有爱情有痛苦的一生是否不如无爱情无痛苦的一生，谁也不敢确信。

夜色游离，我突然又想起"抖音王"来。微信点开，更新甚少。一条条往回翻，只见又多了不少白发。但微红的脸不知是酒醉还是刚从直播的另一头下来，我知道他会尝试卖一瓶瓶豆腐乳，正如想起他以前尝试的一次次冲动，或者是义无反顾。

那时他以为，他和她不过是路人。他只是吃过她做的菜，付过钱的。饭后抽身的瞬间，看到了桌案上摆着的一瓶瓶豆腐乳，有水，有颜色，有隔着玻璃的鲜嫩欲滴，一下子就中了邪，那么像身后的她，初见时的她。

他知道，他已不再年轻，已过天命。但谁又能断定，知天命后一定不被迷惑，而解铃人又怎么解不了豆腐乳的味？

chapter

06

▼

己 卷

三 生 缘

红尘味道　*Hong Chen Wei Dao*

父亲的包子

女人说，"包"治百病。我看过，感受过，试图去理解过。但我毕竟不是女人，感同身受不好说，只能说女人买包是好事，让自己开心。女人自己开心了，也会带给别人开心。而我想说，包子治百忧。这个包子，是拿来吃的，主要的功能是解忧。忧愁也是一种病，在现代社会，大有愈演愈烈之势。每个人都藏着自己的心事，只是常憋在心里，不足以也不想与外人道也。

对包子，记忆的河水从父亲的身上流淌而来。按照三十年河东、三十年河西的说法，也满足了三十年的刻度。父亲是当兵的，听说当兵的时候，和我妈初相识。后来，掌权的爷爷一封信把父亲从部队叫了回来，主要的目的是确认这门亲事。母亲彼时话不多，父亲也拘谨，用默认代表了对亲事的认可。

也许是情场得意，也许是修身齐家有了大致的轮廓，父亲在部队里便安下了心来。后来，也不知咋的，做起了后勤，大抵是参与食堂的伙食，和锅碗瓢盆杠上了。这是他很多年后的"马后炮"式的自我坦白，若是在而立将至的当年，必然会招来一些若有若无的嘲笑之意。认识的不认识的人，都会说，某某某竟然去做了炊事员。可是，父亲乐意。用他的话说，都是为人民服务。况且，填饱肚子是基础。再进一步说，吃好喝好对战士们来说也很重要。部队平时的训练很辛苦，加之生活总体单调，好的伙食成了一天至少三次的期待。父亲做面食，特别是包包子的手艺就这样练成了。

是常年的练习，也是发自内心的热爱，这是包子好吃的关键。退伍转业之后，父亲的包子在我十来岁的时候就打了底，舌尖幸福感的底，吃过一次就忘不了的底。这样的幸福拉了很长的光阴线，从年幼到走上工作岗位。时光没有为谁停留，我努力拽着亲情的风筝线，开启关于味道的种种回忆。

那时候，周末一回家，父亲便问，要不要包包子，我当然满口答应。过了耄耋之年的爷爷奶奶也充满了期待。爷爷有了老年痴呆的迹象，奶奶却对各种小吃情有独钟，垂涎三尺。每次，她的耳朵都会竖起来，打听关于美食的行踪。谁谁家在做米粿了，谁谁家又在做饺子了，谁谁家又在做米羹了。村里，有她的两个女儿。一个在村中央的位置，一个在村西头，相隔最远也不过百米。有时候，两个姑姑会有疏漏，没有把最新鲜的小吃第一时间送上家门，她便表现得不悦，会嘀咕几下。可是，当迟来的小吃还是来的那一刻，她也便释然了。不过，提议或是极其乐意父亲包包子，是她最引以为豪的自在和期待。

她会说，还是儿子好。做一次包子，可以吃好几天，解馋。包包子，用父亲的话说，那是他一个人的事。母亲打下手的机会也不多，因为她在父亲的嘴巴里，吐露出来的是笨手笨脚，反应慢。急性子的父亲，干脆自己来。选面粉，发酵、兑碱、揉匀、擀面皮、抹猪油，一气呵成。我们在边上看，他偶尔抬起头笑，会喊我妈的名字，叫她不要傻站在边上，给他递点水来，口渴。切成一块块的面皮用擀面杖压平，手顺着案板把面皮撑起来，像踮脚的芭蕾舞演员。然后，顺着掌心的方向来一个 360 度盘旋，包子皮便成形了，只待事先搅拌好的菜馅投怀送抱。包子馅多是猪肉馅，可以是新鲜肉，也可以是腊肉。新鲜肉选取肥瘦适中的猪肉，剁细成为肉末。腊肉也切成细粒，配上白萝卜干，是奶奶的最爱。我喜欢的是豆腐，新鲜肉倒成了配角，上蒸笼在土灶里一蒸，豆香四溢，食欲满屋。

　　包子最值得期待的时刻，是在蒸笼里准备出来的那会儿。雾气腾腾，蠢蠢欲动。家乡古镇上有好几家包子铺，每天早上，都围满了食客。做粗活的，豆腐包、萝卜包、韭菜包，配点店里的酸菜，蘸一点辣椒油或陈醋，舀上热滚滚的稀饭，边吃边发出轻微的赞叹声，仿佛自己成了天底下最快乐的人。自打那时候起，我就觉得，其实分享也是一种快乐。作为父亲的他，我想那些年做包子是受多种原因的促成。有被吹嘘仰望的成分，也有一份孝心在里头，更是愿意把自己最拿手的分享给亲近的人。这样的交融，萌发地或许在他的父母，我的爷爷奶奶身上，但抵达高峰的时刻，无疑在部队。我猛然想起记忆中老屋内，房间右面墙上的老相框老照片来，父亲身着军装，瘦长的脸，估计有三分之一是对美食的思考和探索，造就了彼时的"为伊消得人憔悴"。

　　这么多年过去了，不管是出差在外，还是旅行途中，对一些闯入眼帘的包子铺都显得格外亲切。西湖小笼包，天津狗不理，扬州三丁包，好吃是好吃，但总是少了值得长久回味的理由。

　　岁月往前走，我和父亲都在变老的路上，不同的是递进的程度不一而已。这些年，父亲包包子的次数不多，我也不主动开口。因为，记忆中的包子已经够我吃一辈子了，味道自然也是天下无双。

丈母娘红烧肉

讨老婆，得靠缘分。丈母娘，也得看运气。天下丈母娘大抵分两种，前者是把女儿当下属来管，后者是把女儿当宝贝供着。两者之间，估计不多。至少，我没有时间去求证了，也不想去求证了。所谓万般皆是命，半点不由人。所有的现在，看似纷繁无序，却总有丝丝缕缕的命中注定。不管你喜欢，或是不喜欢，它就这么存在了。自我安慰的话，不妨记着那一句：存在，即是合理的。

当下属来管，习惯传达作为母亲的思想，喜欢给女儿"上课"，提醒她该怎么管教女儿。当宝贝供着，会考虑女儿的情绪，以女儿为中心，而转轴也会顺带到女婿身上。所谓爱屋及乌，就是这个道理。这类丈母娘对女婿，如同半个儿子，是真心真意想着法子对他好，让他对她更好，尽管有小心思，但可以理解，无非是悦人悦己，让自己作为长辈会更开心，更顺心。

总有人愿意付出，这些对象就在我们的身边，秉持的是能量守恒定律，时间无常定理。我有时候安静下来，或是偶尔看到或听到关于对丈母娘老丈人的吐槽时，就会觉得自己还算是幸福的，因为凑来凑去，抛却选择不说，回归事物本身，找了个好丈母娘。话不多，个不矮，做事利落，喜欢烧菜搞吃食，是她的主要特点。丈母娘是家中四个姊妹的老大姐，是其他三个妹妹的结合体。二妹老实憨厚，做事勤快，每年正月里的家宴都由她张罗，像是红楼梦中的王熙凤，只是话极少。三妹牙尖嘴利，得理不饶人，下厨房，上厅堂，办事像菜刀剁砧板，手起刀落，绝不拖泥带水，是能把自己老公拿捏的当家人。四妹最小，多愁善感，游离在理想和现实之间，有一颗散文般的心，书上的道理总会被她翻出来，不失时机地在某些场合念叨出来，如平地一声雷，炸了一堆人。懂的人还能撑个面子，补个台。不懂的人，只能从门牙里挤出两个字"呵呵"。在时间的过往里，或者准确地说是在和丈母娘近十年的相处里，这些特点如同她烧菜的类别一样，各有其味。

城里的房子，没有灶台，只有空间概念上的灶头前。而这个灶头，很简约。但是，搞灶台的人，手艺都是四邻八乡的高手，档期都很满。就地盘而言，城里的灶头像缩着的刺猬，通常比乡下要节约一点儿，好处是做饭烧菜时可以民主集中，该有的，想要的，都在眼角旁，都在手腕边。丈母娘属猴，但在厨房里，她是动静结合的兔子。我有时候搬一个小板凳，坐在她的主场。头靠着冰箱，拿一本《随园食单》。不经意地右眼一瞟，在那一道道菜即将出锅前，她的程序讲究得如同食神袁枚：辣椒炒肉先上，清炒花菜后上。笋干腊肉先上，黄瓜火腿肠后上。番茄炒蛋先上，丝瓜蛋汤后上。我诧异，她也深谙食之道？

我忘了，实践是检验真理的唯一标准。在很多个早出晚归的瞬

　　间，看着橙黄的灯光洒落下来，素黄的餐桌被交叉的色泽均匀分布，不禁肃然起敬。天天烧，顿顿烧，不容易啊。虽然我有时候不回家吃饭，可是她那股子烧菜的热情，未曾随着岁月往前走而减退。

　　我想我是服她的。要拿一道菜作为代表发言的话，非红烧肉莫属。买肉是她经常会从嘴巴里吐出来的两个字。吃肉，我还好。倒是老丈人和两个小孩的兴致更浓。只要我一回家，看到厨房里的砧板上被大面积占据，或是摆了几碟子的紫红连嫩白，我就知道老丈人来了。而且，他正一边玩着手机，一边耐心地等着他老婆给他烧红烧肉。

　　我是被诱惑，被慢慢臣服于那种油腻的。这种油腻，在单位的食堂里常有。好多个中午，有女同事会对菜单充满期待，看到有红烧肉，那种心情就像天上掉下个帅哥似的，满足了强烈的少女心。后来我知道，其中的某些佳丽，对男人的要求特别高。身高就是首选项，玉树临风是首选。她们也不怕油腻，仿佛一上午的劳作，不伤损的脑细胞需要靠肥瘦相间的红烧肉来孕育。在偌大的圆桌上，如果红烧肉和霉干菜在一起，我的欲望会强烈一些。我觉得，食堂的阿姨不一定比得上我的丈母娘，只是我不能体会烧菜时，被食客提出要求，又能心甘情愿接受挑战的内心描述。作为一个烧菜的人，掌勺的人，她是一个亲切的人，不在乎烧菜有多累多烦，只要看到菜被吃得精光，耳朵里传来赞美声，便累意全消，精神饱满，心里发出美滋滋的声响。

　　菜场买来的猪肉，也能安放对红烧肉情有独钟的灵魂。毕竟，土猪肉多在时节头，平时吃也贵。入了她的眼，过了她的手，就得呈现一颗匠心来，烧菜的匠心，人间烟火恋恋红尘的心。五花肉放在水龙头下洗净，切成麻将块大小。拧开煤气灶，把锅烧热放油，爆香姜片、大蒜、花椒、八角，倒入五花肉翻炒至两面微焦，加入料酒、酱油、少许冰糖。然后，转入砂锅加适量开水，慢火焖一个小时，只见她右手握着小铲勺，不时地把肉翻身。用她的话说，一方面是均匀上色，另一方面是免得猪皮粘了锅。末了，出锅，再撒点胡椒粉和盐。在时间的浸润下，一碗红得有光泽，油得亮晶晶，整体均匀，码数相近，肉皮朝上的红烧肉，便撩动了原本坚定的心。

在一碗红烧肉面前，我想到了赶火车的日子里，在高铁站候车厅打的牙祭。一道令牌一般的叫号牌，红彤彤。一个塑料餐盘里，是西红柿蛋汤，花菜，卤豆腐，还有一份霉干菜红烧肉。白白胖胖的米饭，在被油汁浸润的召唤下，显得如此不堪一击，瞬间被口腔收复，甘心败下阵来。在一碗红烧肉面前，我也想到了很多年前的乡间酒席，大锅大灶，洗碗切菜，好不热闹。讲究的人家，会最后上一道红烧肉，红烧肉的汁被一碗碗传递，被倒入大锅，和豆腐百般缠绵，卿卿我我，恩恩爱爱。胃口大的人，看到桌上还有馒头，便找红烧肉，用类似肉夹馍的吃法，让油脂被馒头吸收，嘴巴抹上一层滑滑的油水。

这个世界上爱吃肉的人肯定不少。我的亲妈，总是会对我说，不吃肉，没肉吃，人生还有什么意思。隔三岔五，就催我老爸去镇上买肉。逢年过节，更是大开荤戒。在关键场合（农村做好事），她是毫不含糊的。平时静若止水，这时却动如奔跑的猪。很小的时候，我们都是拖家带口，毕竟包的是两个人的红包，我作为独生子，也只能带去。她总把肉往我碗里夹，油星点点，米饭顿时也变成了中年油腻男，让我在桌子上有些魂不守舍。可是我幸运地没长成她期待的样子，偏偏长成了自己喜欢的样子。时光荏苒，回到当下。而今的我，虽然五行不缺肉，但在循环往复的一日三餐里，总不免碰上红烧肉，总经不住诱惑，不想在平淡的生活里委曲求全。

因为我知道，生活里的满足感很少，尤其是随着年龄的增长。能花费自己的时间，给你制造满足的人会越来越少。

丈母娘的红烧肉，是碗里夹起来便放不下的"黯然销魂掌"，是星爷惊天动地的"还我漂亮拳"，让一切在某个瞬间都回到从前，回到我们曾经出发的地方。

母亲的糯米饭

单就"饭"字来说，能单独成席的并不多。印象中，黄焖鸡米饭，温州粢米饭，扬州炒饭等算排得上号，其他的便在心头认为普通至极，不必一提。

不必一提，当然指的是本人不值一提。就像这世界的很多奥妙，就个体而言，总是有自身的局限。在已知和未知的饭食中，对糯米饭情有独钟，回味起来也问心无愧地觉得妙不可言。

我不知道少时为什么会喜欢上糯米食。也许是父亲掺着糯米的米粥更清香，也许是糯米的软糯香甜更能消解寻常生活里的无趣，更能抵达清风明月的境地？说不清，也道不明。或许，还是基因的传承，口味的传承吧。糯米本身的甜并不是我的最爱，它与其他食物的搭配产生的效果，才是我的才下眉头，却上心头。

眉头是随着年纪增长平添的诸多心事。这些心事是持久的，像一个个冒起来的泡沫，虽然很快破碎，还是免不了留下一地的水滴。水滴没有碰到阳光，便会有灰黑的印记。

在糯米制作而成的食物中，最简单又最回味的当属糯米饭。就像庾澄庆唱的那首歌：蛋炒饭，最简单，也最难。简单在食物里也是一样，有味的简单，便不是简单了，而是简约。简约也是食物的一种境界。

我要描述的糯米饭，不是糯米团。糯米蒸熟了，用手趁热揉成团的那种，也叫糯米饭，但是它不用炒，可以直接吃。当然，直接吃的感觉也很好。糯米团曾带给我回忆，但每年一到开春之后，期待的美食自然少不了"野葱糯米饭"。野葱是后来听说的叫法，从小的时候，我就有自己的叫法。或者说土味的叫法更深入人心。那时候，不管野葱还是家葱，一眼能认定的就是炒糯米饭的最佳配料。

它们像郭靖和黄蓉，像杨过和小龙女，也像张无忌和张敏，恰到好处的调和才是传世的终成眷属。

那个土法的野葱存在于我的字典里，或是在现存的字典里找不到。我暂且用谐音称它为"老煨赛"。于是，只能自我安慰地拍照存留，以示回味。它没有葱那么宽，是单层的。单层的意思是说，葱是全包围结构，内心是空的，而"老煨赛"则是单条的，它深扎于浅土，最喜欢的是略带沙石的土壤，它落在马路边，它躲在斜坡上，也暗藏在草丛向阳的斜立面上，扒开土层，须小心再小心，沿着根基把周围一圈的土层或石块除去，再往下挖泥土，像挖番薯一样，把它的根连着泥土拔出来。若太用力，底下肿瘤状的根块，白白的，会脱离母体，这未免有点可惜，没了百分之百的呈现。靠近时，属于它的特有的香味扑鼻而来，香得有点浓烈，像女士某种口味的香水，又带着一些辛味，有一丝浅浅的刺激爬上鼻翼。但当你触摸它的身体时，长长的绿条就是它的曼妙身姿，也如一个女人瀑布般的长发，怡然自得。一根根拔出来，一根根洗干净，一根根带回家，喜悦连成了串。

母亲炒糯米饭，我认为是专业的。不过是事先浸过的糯米。那时候的糯米不是在超市买的，有些是舅舅自己种的送来的，有些则是上门卖米的推销。糯米有了跟水的长时间相处，产生了感情。它也比较听话，能听得懂母亲的话。土灶是糯米最喜欢的栖息地，在那里它可以以一种最自然的状态抵达另外一个世界。让自己染上颜色，抹上口红，涂上润滑油，呈现另一种美。这是它一开始就有的期待。躺进圆锅内，它就安心了。火是慢慢烧的，锅盖是木板做的。在母亲的眼里和手上，她自有她的掌握。炒糯米饭和炒鸡蛋饭不同，过程会更曲折一点，不会讲究快，而是讲究恰到好处，顺势而为。作为美食江湖中最深藏不露的扫地僧，炒饭延伸开来，收了不少门徒。很多门徒，青出于蓝而胜于蓝，让芸芸众生甚是想念。

火继续慢慢烧，锅内的糯米饭走着它该走的路。清香慢慢从锅边渗透出来，一股股蒸气升腾，蒸气从朝北开的窗口飘出去，飘进左邻右舍，有馋虫闻着一定会觉得香。那时候，每家每户都有一口大锅。从路边走过，抬头的左右两侧或许就是别人家的厨房。赶上那个点，锅铲与铁锅发出的声音，某一种菜香，鼻子抽几下，便能猜个十之八九。糯米饭，也是这样。最好是腊肉，片片红，质感又性感，与层次感的肥肉白交接，油滋滋的手感，兴冲冲的带入感。接着是切好的野葱，大拇指的二分之一长短，一来下锅后看得见，二来出锅后可以夹起来吃。母亲若是看到我在场，会叫我准备好把砧板上的葱姜蒜末等，用菜刀横向推进锅内，这样"刮"的一下，熟透的糯米饭便有了新的目的地。此外，翻炒是基本功，也是最见功夫的"梅花桩"。

　　炒，是一种高段位的烹饪手法。要不然，千百年来，为什么叫炒菜。可见，一道菜，炒是核心操作。糯米饭的炒，是母亲盯着锅里看的炒。在她的字典里，查不到煸炒、溜炒、小炒、软炒，只有不让锅底变焦，糯米不断升级变熟的炒法。小时候的我，以为就这样翻来翻去，从锅底尽可能把覆盖的糯米翻上来，把糯米聚起来又分散开来，让每粒糯米都享受热的传导又接受火的拉练，花不了多少力气。可是，有一回，我终于耐不住性子，要拿来锅铲一试，发现锅铲也很重，翻动糯米就更重。锅边的糯米像短道速滑运动员，你跟不上，中间的糯米受热不均，压在底下的似乎不易熟透，你必须时时刻刻地翻，分分秒秒地翻，直到糯米饭有一点儿跳动，发出"哔哩哔哩"的细响，锅边围着糯米饭弧形的线圈冒出一阵阵热气，似乎昭示了它的"出山"。这是一个令人激动的时刻，在等待中期待，在等待中蠢蠢欲动，在欲动中留下以后都会想起的想不到。当然，点睛之笔在于那一截截野葱，那些记载着我每年开春之后都会刻意找寻的山野食材，对土地的亲近和最简单的坚持，让我忘记了年岁的增长，忘记了记忆之外的记忆。我知道，这样的野葱，属于我，也属于别人，但幸运的是，我用文字记录了那些过往以及尽可能表达了我的心情、思考或者其他。

　　又回过神来，我清晰地记得那时的饭碗也很简单，还刻有父亲的名字。我记得有被淘气而磕破的边沿，一家人都舍不得丢掉。它的周边是浅青的一圈，没有那种景德镇陶瓷的高级感，虽然它八九不离十来自那里。可是，当糯米饭从锅里出来，我的要求不再是之前的类似扬州炒饭的标准：干、香、松、酥，而是只要是母亲做的，必定是好吃的。因为这道下饭菜，或者说配菜的饭，成了她的练手菜、私房菜、暖心菜，每次炒都不会厌倦，都是全情地投入。这让我想起了"熟能生巧"这四个字，美食也不过如此，看起来的巧，也没那么神秘，多半有倒腾得多的功劳在里面。

从前慢，车马也慢，糯米食中最爱糯米饭。就连吃的场合也不讲究，是开放式的。端着碗过家家，端着碗坐在石门槛上，或是搬一把小椅子，再从堂屋搬一条长长的凳子，摆在正前方用于放置碗头。

厨房的小门连着院子，正前方是满眼青山，山顶的正中位置恰好有一棵树，它和糯米饭一样黏在了我的心上，仿佛岁月不曾走，母亲也未变老……

chapter

07

▼

庚 卷

两 生 花

酱爆螺蛳

1

江南水乡。在缥缈之间，总有耐人寻味的人间烟火味。

那些年里，太湖风，吹起往事涟漪。

象牙塔边，是矮矮的平房，平房连成片，中间夹杂着小卖部、小菜市、桌球室，很多善男信女彼此在此会聚，集结，碰撞，有味蕾的回忆，有觥筹交错的身心舒展，也有爱恨情仇的经年轮回。

她可以常常看到他。

在她从阅览室走出来的时候。

大门朝南，校门口的几家小店在阳光下被照耀得通体通红。吧嗒吧嗒的台球撞击声在走进时传来，亲切而又热烈。

他是注意到她的。

高挑而不瘦小。

走起路来，是有风的。他觉得，这是青春上扬的气息。

有黑色的双肩包在肩膀跳跃，马尾辫干练，略带运动的上衣，蓝色的牛仔裤，粉色系的休闲鞋，在肤色、颜值的映衬下，显出一种低调的出众感。

一个人走来，在午饭的当口，又跟上几个人。

海心觉得，有时候真想撇开几个室友或者闺密，一个人静静地吃几口饭。哪怕是到 200 米开外的"垃圾街"上去炒一份蛋炒饭，也来得爽快。

要看的书有很多，她必须只争朝夕，和时间赶路。

哪怕在校园里，无论是廊桥内外、竹林旁，教室走廊的转角处，不时有艳羡或灼热的目光投来，她都不屑一顾。

她不知道，后来的"不屑一顾"的名单里面会除了他。

他叫潇楚。

名字看起来比较优雅。人却是比较憨直。

说不上帅或者不帅的那种，只是看起来比较踏实。

有人说，南太湖没有风，有风的时候是一年吹两次，一次吹半年。

他在晚上起风的时候，在校园溜达，在教室周围转。自己的班级楼层不高，感觉太接地气，于是想在安静的教室去看会儿书。

长条形的教室回廊，有迂回，也有转角处的微雕造型，好像人生的境遇，有无奈，也有惊喜。

台阶向上，步伐向上，心跳向上。潇楚是因为无聊而想着去教室看书的。有时候，在图书馆里，看完了书，心里却是空荡荡的。

四眼望去，背影好看的有，面容姣好的也有，却总在四目相对时少了点触电般的感觉，有时候，对方眼睛里传来的是"批判"的信号，有一种门不当户不对的感觉。有时候，自己心里折射的又是一种不敢靠近的陌生感，因为来自对方的眼神是迷离的，没有暖意，于是自然而然生了退意。

感情是多玄妙的事啊，没人说得清楚。

潇楚这样想着的时候，不小心已经上了五楼。五楼靠近东边是楼梯的尽头，也是楼梯的起头。这一排过去，总共有六间教室，每间教室坐五六十个学生，平时这些教室的"档期"是交错的，本校的教师和外校的教师交替上课，有时候教室会空荡荡。

书本带走了，学生离场了，只留下或短或长的回响。

而回响之外，是有心无心的学生或明或暗的爱恋或跃跃欲试。

有些窝边草，兔子也会吃。

当然，潇楚不属于这一类。

2

他是山里人，和海比较陌生。吃不来海鲜鱼蟹，喜欢鲜辣土味。学校里的红烧狮子头、鸡爪、酱爆肉丝倒是他午间的必追剧。除了干脆、热烈，还透着直白。

教室里，靠近黑板的第二排，海心坐着。

眼前的书是数理化，是关于经济的，当然小本的口袋书，是英语的。

他就从教室后门观察背影开始，慢慢地有了进门的冲动。她在教室的左上方，他在教室的后下方。他在外注视，她在里凝视。一方是凝视人，一方是凝视书本。

他看她时是全神贯注的。

她看书时也是全神贯注的。

他轻悄悄地从教室的前门进去。

忘了是怎么开始的对话，也忘了是怎么在她的身边落座。心里的不安是有的，谈吐的拘谨也是有的，一切都像梦幻的开场，没有人拉开序幕，就自然而然进入了剧情。

谈话被记录，至少一方是用心记录。

一个来自山，一个来自海。

一个是内秀，一个是外爽。

她的马尾辫，她鬓角的发丝，都像床头的明月光，照进了他的心里。

学校的饭堂吃的时候分几拨，有时候大家还是喜欢到校外去吃。

江南水乡，连饭菜都带点甜味。

他在夹起一口油焖黄瓜的时候，心里嘀咕道。

她说，不妨来点辣的吧，看你是山里人，好像吃不惯这些。

王记饭店的招牌菜有很多，可是他似乎看上得很少。

要么，来个酱爆螺蛳？

嗯……好的。

他觉得家乡的螺蛳才叫美味，对此处的螺蛳打了个问号，但是还存有一些期待。

就像眼前的她，想必是秀色可餐。

土灰色的螺蛳上桌，一阵锅起的烟火味，有蒜香，也有酱香，红辣椒横卧在螺蛳上，像是玉体横陈，透着红扑扑的娇羞。

热的一上来，就掩饰了场面上初始的微冷。

熟悉的菜，想起了熟悉的家乡，聊起了熟悉的小时候。捉鱼摸虾，顽皮捣蛋，情窦初开，往事一一浮现，聊得畅快时，竟浑然忘我。

她看到他的真。

他感受她的美。

一切就像天地间的万物生长那么自然，没有违和感，没有拘束感，只有言语停下，筷子举起时，那短暂的，缓慢的，轻悄悄的暂停。但这是一种暂歇的助力，就像一场爱情长跑前的预热，只要起跑时的心是跳跃的，体力是充足的，沿路的风景是曼妙的，又何必在乎那些细枝末节。

风来了，王记饭店依旧热闹生猛。

点菜的人很多，红烧鲫鱼、清蒸豆腐、麻辣香锅、农家生炒肉、干锅包菜、巧妇蒸蛋等一一登场，开启了食物与佳人的无声对话。

在四方桌、圆桌内外，是爱恋、留恋、痴恋，也是迷恋、执恋、单恋。饮食男女在此间寻求暂时的惬意与唇齿间的活色生香、龙腾虎跃、斗转星移。

3

云燕是潇楚的徒弟，两人男女有别，却同在一个班级。

说是徒弟，无非是语言上的敬称。打乒乓球、打羽毛球、打台球，以及一些心理上的疏导，潇楚走在了前列，所以以此自称，也暗示了两人若即若离的关系。

潇楚知道，云燕是有些欣赏他的。

这种欣赏，带着一丝的崇拜，当然也有一些想靠近却又不敢靠近的距离感。当她前几天听说潇楚和跨系的海心有接触时，心里暗暗有些不爽。

天底下的女人，谁不喜欢吃醋呢。有些明里吃，有些暗里吃。

为了这事，云燕还偷偷地到经贸系海心的班级去当了两回旁听生。从搜索关于海心的种种描述，到课堂上见到她的真容，以及属于女生而展开的种种联想。一种不由自主的关注油然而生。

秋天的奶茶她已不再回味，对着冬天的暖阳，云燕举起手中的一杯奶茶，没有跟风在朋友圈里晒出来，而是在想那句广告词：你是我的优乐美。

谁又能把她捧在掌心呢？

显然，潇楚是不能确定的，就像她对爱情中理想伴侣的向往。没有答案，没有标准，没有期限，只有等待。

王记的饭菜还热着，山海之约仍在继续。那些年的冬天不怎么冷，店门敞开着，来来往往，从店的这一头走向街的另一头，继而走向繁华的路口，通向热闹的市中心。

街上已是灯火阑珊，饭后她和他往回走了 260 步，在校门口等校车。校车直通市区的大型商超。

车子按时停下。片刻后，按时发车。

他让她先上。

她后头看他。

两个人坐到了公交车的最后一排。

她坐在靠窗的位置。

他坐在她的右边。

距离不过 30 厘米。

车子穿越她熟悉的店、街、校区、高楼，车子穿越他熟悉的古玩店、美食街、书吧、文化广场。之前的单体熟悉，因为个体的相遇，有了双人会聚的交集。

浙北大厦人潮涌动，叫卖声在电梯入口处达到高潮。俊男靓女步履匆匆，在踏上电梯的一瞬间又收拢起来。手挽手的，手搭肩的，手扶着腰的，手指拉钩的，都在自然地流淌出恋爱的味道来。

像冰糖葫芦，也像糖炒栗子，周生记鸡爪，大娘水饺。

暖了胃的同时，也暖了心。

她和他去买了衣服，各一件外套，浅蓝，像情侣装。只是彼此不说，外人看起来就很般配。

周末的时候，因路远，未至假期，他和她相约在宿舍煮点吃的，白日里各自忙各自的。女生宿舍成了唯一的选择，干净，安静，自在。唯一的难度就是怎样绕过宿舍的阿姨，上得楼去。

好在学校有各种社团。

潇楚有几个兼职社团，记者团、"安保会"都是理事，除了检查校园安全，还要到男女生宿舍巡查。

那个与往常无殊的夜晚，潇楚带了些零食和几盒面膜，走向了 2 号楼的女生宿舍。宿舍阿姨五十来岁，中等个子，穿的是平底的老北京布鞋，操一口中原口音，在潇楚的记忆中是河南安阳人。她认可的，如果准许进入，会说：中。不同意的会说：不中，不中。

为了这个简洁有力，有点小激动的"中"字，潇楚采取了"柔术"。上前夸一番阿姨的气色好，然后说阿姨的皮肤还可以改善下，南方湿冷，冬天干燥，需要补水，改善肌底暗沉，得用"沁润面膜"。几番寒暄唠叨过后，阿姨便研究起递到手上的面膜来，嘴里念着：你抓紧上去啊，不要在上面逗留太久噢，有人问的时候，你得说是一起来检查寝室的。

4

421 的寝室朝东南，冬日的阳光和月光都会在朝夕之后轮替眷顾，白天带给女生们暖意，夜晚带给她们以憧憬与柔情。

周末的时候，寝室里四个女生，有两个回了家。她们的家不远，一个垂涎于海蟹，一个垂涎于西湖醋鱼。留下的其中一个是"泰顺百家宴"，还有一个是心有波澜的海心。

泰顺的女生叫淼淼，皮肤水灵，爱吃猪肉皮，长得也喜庆，性格大大咧咧。不久前觉察出海心的状态有了变化，就在寝室里起了哄。如此这般，识趣的另外两个室友便起了归心，留足空间。只有淼淼，除了看书之外，就是"手游"，"王者荣耀"是顶级推崇。投入的时候，用海心的话说是：两耳不闻窗外事，一心只为王者痴。

宿舍简约，除了饮水机、笔记本电脑、电话机"三大件"，其他的显眼物品多是化妆品。爽肤水、隔离霜、洁面乳、粉扑、睫毛膏、化妆镜、护手霜，各种牌子的都有，整体小众而清新。

海心的皮肤不错，平时涂抹得也少，近看很自然，却也不是鲜亮。

小火锅摆在墙角靠近电话机旁的位置，那里是个小过道，勉强容得下两个人，左右两边两张小黄色靠椅一摆，就满满当当。

千张、龙口粉丝、"统一"牌方便面、柳州螺蛳粉、宁波年糕、海鲜酱、生抽、葱花一一在侧，电磁炉在暮色四合的当口发出嗞嗞的声响，水泡和水汽逐一登场，烟火的味道在升腾。

四目相对，四下无人。淼淼未归，想必也闻到了暧昧味儿，独自溜达去了。方格围巾取下，眼镜摘下，各自的面庞一览无余，清晰而深情。

在对方的眼睛里，彼此看到自己的模样。

菜料的投放和取备，无意间触碰了对方的手背，一瞬间有电流通过。彼此一惊，继而莞尔。

锅里的温度保持着，碗里的菜料添加着，嘴角冒出阵阵烟气，口中大呼过瘾。

喝着芬达和王老吉，他们就这样有一句没一句地聊着，窗外的灯火慢慢多了起来，陆陆续续是无处安放的情思归来。

该起身出去走走了。不约而同的眼神和动态，让他们彼此又会心一笑。吃得没有很多，但是很多样。吃得不是很丰盛，但是很满足。

有时候，潇楚会想，如果有足够的经济条件，一屋两人三餐四季，煮茶看书，海阔闲聊也不失为一种人生。

对幸福的理解，说到底也是从心底发出的，私有的、私享的成分占了大部分。

5

后来，像所有的情侣一样，他们走在校园里，手拉着手。上课时想着下课，下课时想着一起吃饭，一起吃饭后又想着晚上一起去图书室或教室看书。日子像长了翅膀一样，在柴米油盐、五谷杂粮、生猛海鲜、山珍海味、青菜萝卜之间交替，有高潮也有低谷。

每年的五一和十一成了他和她的纠结期。他纠结于要不要带她去他的家乡去看一看，可是他觉得是没什么看头的。偏远的山区、朴素的农家、憨言寡语的父母亲罢了。

他有他的自卑，这种自卑在爱情面前是一种伪装，一种怕给不了，却又想朝朝暮暮，亘古不变的相守。

她有她的顾虑。他未曾提起，她也有自己的担心。作为家中的乖乖女，是否学业至上，是否他是她的有缘人，均未可知。况且，毕业在即，前路如何选择，已是不可不思考的命题。

有一回，他去车站送她。

她好像不想走。

他好像觉得他也想跟去。

可是他没有。

她也没有说出那句：你陪我一起回家吧。

海边的风景很迷人，山边的风景也很迷人。只是，有时候，山里的人和海边的人都知道，山的那边往往还是山，海的那边也还是海。

海誓山盟多半是水中月、镜中花、梦中客，经不起别离，也经不起流年。

在送走她的那一刻，他隐隐觉得，其实最痛苦的是她。因为，送的人看到上车的人走了，仿佛是完成了一场道别的仪式，而被送的人，如是有情人，必然还会回过头去，看看他还在不在，是否还在离别后的光阴里想着她，念着她。

当然，其间，她也送过他。有一次，他说：等我回来。时间过得很快的，七天一下子就到的。

她说：好的，我等你。

他有些于心不忍，但不知怎的，还是踏上了归途。那一次，他觉得，也许，以后的以后终究他们会分开，因为现实，也因为不知所以的因为。

武大的樱花开了，校园里也渐渐充满了春意。竹林里的风不再刺骨，"春晓桥"上走过的女生个个青春靓丽，仿佛好不容易过了一个冬天，包裹的身体迫不及待地和心灵一起舒展。变胖的，就变胖了吧。变瘦的，更要秀一秀。

女人的漂亮应该是给男人看的。女生也是女人。

潇楚的春天，却没有舒展。他渐渐觉得对自己没了信心，因为在海心面前他太平常了。学习成绩、身高、长相、家庭、未来，似乎都是渺茫的。加之他断断续续地看到有爱慕者向海心抛出的橄榄枝。

狭隘和不确定包裹着他，让他变得不再从容。

而从容，自信，也是很多女生看中的，在意的。这是一种对未来的笃定，女人的安全感来自长期，既看中当下，更看中往后延伸的确信。

云燕还是一如既往，像懂事的小白兔，偶尔蹿到潇楚的面前，说：师父，你还是要开心噢，好像和以前的你都不一样了。

潇楚只是笑笑，他没法说出口，自己最大的拒绝是不能让心爱的女生过上好日子，跟着受苦。

因为放不开，两人在那以后的交往就变得有些拘谨，一些话也有意无意地藏了一小半，加上临近实习，毕业论文等都提上了议程。平素里的卿卿我我，少了些激情，像平淡的汽笛声从熟悉的城市熟悉的街道熟悉的时间节点经过。

6

苕溪的水涨了又退，两岸的柳树发了嫩芽，鸟儿沿水面滑行，像花样游泳的国手掠过水面，激起看风景的人层层涟漪。

潇楚知道，他的羽毛球打得只是一般而已，因为在海心的口中谢岑打得更好，他们打起来似乎更带劲，聊得话题也更多。一个是翩翩公子，一个是内外兼修的氧气女生，似乎也有触电的可能。只是时机不凑巧，或是各有良人罢了。

而长久的良人或是时时新鲜的良人，总是像正宗的海南黄花梨"帝王紫"一样不好找。在岁月的长河里，随着时间的推移，人生阅历的增加，来来往往的莺莺燕燕如玉公子，总能在某一刻敲击你的心房，让你为之一颤。

当然，在潇楚这一头，也有微妙的情况。同是山里的半个老乡，也渐渐生出对海心的好感来，只是"出师未捷身先死"，或是"扼杀在萌芽状态"。

于是，少不了的醋意在乾与坤之间旋转回流，有自信的傲娇，也有低落的妄自菲薄，有旁人在侧的拘谨，也有迎风而来的梧桐兼细雨。

在人间四月，山寺桃花始盛开之时，她和他都在某个雨夜翻开张小娴的《相逢》，书上说"如果我不爱你，我就不会思念你，我就不会妒忌你身边的异性，我也不会失去自信心和斗志，我更不会痛苦。如果我能够不爱你，那该多好"……

他们彼此也清楚，人生海海，偶然遇见，欣喜相逢，已属不易。一路来，他们珍惜过，用心过，走过，拒绝过，努力去了解对方，有窗前的对望，有指尖的传递，更有眉眼的传情与无数个夜晚的心绪对垒。

开心的时候，相处的时光就如"南太湖影院"一般让人留恋。失意的时候，"周生记鸡爪"也拯救不了彼时的失落感；起伏犹豫的时候，站在时代广场四野茫然；日落余晖的时候，感慨似水流年，情意百态，各有归舟。

那一天，阳光依旧明媚，路上行人如织。红旗路上，他在等她。她穿过环城路，越过爱山广场，左拐进南街，绕过凤凰公园，缓缓地让的士停下，慢慢地走向他。

明眸皓齿，长发披肩，步履轻盈，像初见，又像陌生的未见，只是楚楚动人如昨。走近时，但见眼里有血丝。

他说，你来了。

她说，是的。

他说，你先说。

她说，你先说吧。

他说，还是你先说吧。

她说，你怎么这么烦呢，个么（那）说好了嘛！

……

时间在时间里徘徊，如影随形，如大幕开启又快速闭合。沉默了很久，凝视了好久，发呆了好久，冥想了片刻，叫卖声四起，网红歌曲《老鼠爱大米》传来熟悉的旋律。

他在心里苦笑，老鼠还在，大米可能要走了。

她在心里放空，熟悉的背影不见，是否午夜梦回，会依旧想念？

他们不知道怎么样转的身，像两块磁铁，旧日里吸引过，今日里却无法再连接，像人生的某种宿命。

他的泪珠缓缓流下。

她的步子如履薄冰。

他转过身，呆呆立着。

她没有转身，慢慢往前挪着，直到消失成一个点，像拍照时焦距没对准，而模糊了的影子。

风吹过，纸不短情够长，回忆里有提示音。记忆里，秋水依然，轻舞飞扬，糊涂天使，鲜活如昨。

风从海边来

1

　　一生中，可以常常来来回回而不生厌的地方不多。这多半指家乡。对于异乡，如果空间上的距离较远，再加上没有特别相关联的人和事，基本上难再次踏足。我是个喜欢旅行的人，浙江大地每个市都跑过，很多县也都停留过。但温岭的印象，还挺不一般。常常想念，是念旧情，念恰同学少年，念十年前那里的美食。

　　我生在秋天，骨子里有一丝如秋天般敏感的心，这颗心多为文字而跳动。那一年，刚考上县城的新闻媒体，心情自然兴奋。

　　从象牙塔里走出来的时间不算太长，同学之间还断断续续有一些联系。班里女生较多，我生于大山长于大山，除了对名山向往期待抵达之外，对海的向往会更顺理成章一些。海，也有大胸怀，也能春暖花开。

　　于是，发了"中奖"的消息，便有人应和：到我们这儿来玩啊。靠海的甬台温是首选，对应在心里默念了一遍，莫名地对"温岭"

更倾心。一来是新千年的第一缕曙光早已深入人心，彼时未能亲临，心中始终有遗憾；二来是同窗温柔恬静，但言语间的诚意更热烈，不忍拒绝，也拒绝不了。

去温岭的路有点远。那时候，我的出发是波澜壮阔的。从乡下坐中巴到县城，从县城坐车去市里，再坐长途车去温岭，一路辗转。那时候，我没有微信。车上收到的是短信。温馨提醒，温馨发问，隔半个多小时左右会有一条。我说，放心吧，尽管路远，出过的门还是挺多的。

她笑着说，我在客运站等你。抵达时分，天已微黑，灯火阑珊。我看着她干练的短发，和不曾改变的眼神，那股纯净和清新，正如我对那座城市的感悟，如海风吹起，心意摇曳。而数小时前的音乐交错，则是代表了我这个异乡人的同乡心。

2

一到温岭，我的心就停靠了下来。这种停靠在肚子发出叫唤时，是没有说服力的。我是乡巴佬，不喜欢往大饭馆去，她便带我去小街小巷。不用坐车，就凭双腿。看沿街的店面，看不同的人，不同的新鲜感受，才是最大的异地体验。她说，你自己看哈，你们那边是山珍，我们这边是海味。

我问，有没有辣点的。她说，你先入乡随俗吧。吃点海鲜，不会让你失望。

在类似大排档的人声鼎沸处，寻一张小方桌落座，店门对着街面，城市的人流味，空气味，饕餮味交杂在一起，是那么熟悉，那么亲切，让我不自觉地庆幸逃离了熟悉的环境，有了放松的理由，无拘无束地暗暗心喜。

上菜了。两个人不用太浪费，为了尽地主之谊，她好像点了五个菜。

对我来说，被人请，被人等，被人接，已经够面子了。

当然，更重要的还是和谁吃，在什么样的环境里。环境我不考究，街边摊烟火味浓，有被拥抱的安全感。吃的人也很不错啊，人很美，脸蛋像是被海风雕琢过，有细沙般的精致，有想握却瞬间逃离的追逐感。

葱烤鲫鱼是第一个菜。

这菜我熟。我跟她说，在我们老家除了草鱼，吃得最多的就是鲫鱼了。

鲫鱼在小时候跟着我和父亲的记忆，长大了便吃得不多。

一条鱼躺在瓷白的长条碟子里，底层是一层油黄，鱼身上有一段缠绕延展的葱丝，中间的凸起处是一朵黄花静卧。我没有问花的名字，只觉得我陪着花坐在异乡的夜色里，如此便足以醉人。当然，鲫鱼的黑焦色更增添了食欲，轻咬一口，肉质细腻，色香味则欣然碰面，打来招牌美食的头一阵。

渔家炝白虾是第二道菜。早些年，在湖州和苏州都吃过这道菜。炝白虾以白虾为主料，用白酒、生抽、葱姜、白糖放在特制的容器里炝制而成，属于生食水产菜品，上桌时鲜虾仍活蹦乱跳，清香扑鼻，白虾壳薄，虾肉鲜嫩。我对炝虾谈不上喜欢也谈不上讨厌，只是每次遇见时都会想起那个"一琴一鹤"的廉吏赵抃，在家乡对知遇他的人的感激之情，千里送白虾，养在历史的深幽处，留给后人启迪的佳话。

第三道菜是墨鱼干煨菜干。墨鱼干有嚼劲，煨菜干有回忆杀。我弱弱地问道，你怎么知道我喜欢吃这个菜的。她说，有一次学校采风活动，你专门跑到饭店的后厨，看了菜单，说要辣一点，最好是浙西的烧法。我笑而不语，心里却在想着，女人的记性可真好啊。所有好的坏的她都会给你记着，记在大脑这个巨大的日记本里，画上线，标上符号，伺机作为礼物送给对应的人。

3

第四道菜上来时，她的手机响了。我听到磁性的男声，她脸上的表情有点起伏，但声音里依然柔情似水。我突然感觉有点不自在，类似于在大庭广众之下向一个人表白而遭到拒绝的状态。她马上觉察了我的异样，借口挂了电话，把目光和身子收了回来。这道菜是嵌糕。它的来路和家乡被称为"气糕"的那道小吃有相似之处，只不过这里的可以加菜，家乡的直接把菜撒在米糕上，融入其中。嵌糕在我嘴里，我用它堵住我彼时的情绪。

她看着我，眼是海。我不记得是哪位作家说过，只有女人的眼睛才是海。海能把冒险的男人淹死，眼波也能。与美女同席的乐趣就在这里：听惊涛拍岸，看孤帆远影天涯尽。

可天涯就在咫尺。我心里像一个气球瘪了下来，可肚子好像还没吃饱。我问，最后一道菜是什么。她说，最后一道菜最好来点醋，蘸着吃。我已经看到你眼里的醋了。我说，有吗。她说，当然啦。其实这是我的一个老同学，不是你想的那样。我一听，霎时提了精神，一个魔鬼逃走了，一个天使又来了。我说，还等什么呢，快催下服务员。这是一碗海鲜面吧。圆盘里呈现香甜的诱惑。我顺势拿起碗头，用公筷挑了一碗。接着，拿来她的碗，将此前的残渣刮落到餐纸上，装上几筷子面。我知道她的胃口很小，食欲和她的樱桃小嘴一样精致。那顿饭，我们吃了很久。这是骨子里不多的愿意承认以"我们"两字的串联。串联异乡，串联他乡美食，串联当时的当时，当时的色香味，色香味里的意犹未尽。

　　时光从来不会等一个人。随着年龄的增长，在中年的路上越走越结实。我偶然会翻看她的朋友圈，在同学群里看到那些年的痕迹，不经意地提起，却已是天各一方，相见不如怀念。

　　只是，指尖上的传递会透过眼眸。银泰城，宝龙广场，顺景水街，这些似远实近的灵魂安放处，就像那年的海鲜面，你说不出它到底哪里好，但吃过了就会忘不了。不管你去或不去，不管心在路上，还是人在路上，温岭对我来说，就像家乡的土话"味蕾"一样，深深植入脑海。

　　就像岁月不曾走，我们永远不想老。

chapter

08

▼

辛卷

一念起

红尘味道 *Hong Chen Wei Dao*

如果没有过去
也就没有现在
淡然的风
划过天边
天气晴朗时
我想和你见个面
记忆灰旧时
我愿是一轮新月
擦亮你的
眼眸

吉祥如意

1

龙生龙，凤生凤，对文字敏感的人，不知道衣钵何处。想起那些南来北往的时光，在汽车上，在火车上，在与友人同行的车上，也会感受到文字的魅力，这是何等神奇。

到达目的地，便有了靠近的可能。靠近不是接近，但离接近也不远了。我没有想到的是，毕业之后，对于本省的各地，所能到达的很少。因为，这样的到达，即使有了，也不能算是自己能跟自己过得去的到达。

走马观花，蜻蜓点水，悄悄地来，又悄悄地走，似乎太安静了一些，也没留下什么。到一个城市，美食的抵达，首先来自眼睛。这扇心灵的窗户，时刻以自我的警觉发现生活中的美好，从平凡中挤出来，像豆腐干的制作过程，卤过的水，才是最佳的味源。

多年前的行走，记忆犹新。上有天堂下有苏杭，天堂中央湖州风光。想起这句宣传语时，距离我之前的到达已隔了十年之久。又一个往常的时日，突觉口味平淡，加之久违离城，心中不免挠痒痒。我知道，我开始想湖州了。

中国地大物博，又称九州。九州之内，能称之为州的，自然有些不一样。这样的不一样，是千年或是几千年修炼来的。文人墨客带给它磁场，帝王将相带给它气场，自身的与日俱进则是自带光环的比武场。那时候，在湖州的街头，买鸡爪的不要太多。鸡爪大多冲着一个牌子去，名曰：周生记。在我的总结里，好吃的东西多是带着"记"的，比如瓜子不得不提"姚生记"，糖果不得不提"徐福记"。周生记，懂行的，识货的，嘴馋的，大约都是知道的。

我知道它的时候比较晚，已过了落冠。在象牙塔里，学习的压力不大，谈恋爱是忍不住的诱惑。卿卿我我的除了五官，或许美食与唇齿的亲密，也是另一番诗情画意。当然，吃相要雅，动作要慢，时间不要慌。在人生只合住湖州的湖州，走一走，逛一逛，品一品，属于鸡爪的味道才更独特。

我相信这样的独特，也相信美食有地域之分。就像吃兰州拉面，最好是在兰州。离开了兰州，拉面的味道也不一样，牛肉的味道也不一样了，就连店铺里的介绍似乎也没了说服力。还有扬州炒饭，被称为碎金饭。可是，离开了扬州，饭里就没了那么多的料，食材也是大大压缩，我有时候找了半天也找不到虾仁，于是只能退而求其次来点辣椒酱，来点细咸菜，以掩饰内心单调的色彩。

2

话又说回来，鸡爪这个东西，弄好了是美食，弄不来是会影响食欲的。我看过一些鸡爪，虽然被酱色的卤汁滋润过，颜色这一关勉强能过，但是一靠近，一沾上嘴唇，挑剔感就上来了，像《水浒传》里的黑旋风，禁不住想要为民除害，大动板斧。而我针对这种情况的表现是，弃之不食。都说鸡肋弃之可惜，食之无味。对于鸡爪也是一样，实在不好吃也不必勉强。

可是湖州的鸡爪不一样，"周生记"也不一样。往昔的风，往昔的花，往昔的雪，往昔的月，还是把我拽回了那段美好时光。我不知道人生在世，是先有了爱情，还是先有了婚姻的。但我可以肯定的是，熙熙攘攘的人群中，每个人的不经意间的回眸，就可能促成一段缘分。

缘分来时，不需要风。它或许就发生在安静的瞬间。当你轻轻走过，当她岿然不动，安静若素。

你是一只麋鹿，她是一只兔。你跳跃。她守着那一株。没有人知道现在过去的以后，也没有人知道过去以后的现在。那一天，现在是现在。过去也是过去。心动更是心动。冲动幸好被按住了。

你走向她，像树叶被风吹起。她停在那儿，像树叶悄然落地。也许不需要声响，也许已经听到了声响。

你从她的侧面往前走。你从她的外面往前面走。一个在窗内，一个在窗外。华灯在白日里没有打开，夜晚给了向上的心有一个出口。他在想，她在想什么。她也看到了他的身影，像一道光，拂过她的发际。

她下意识地拿起左边的袋子，那上面印着文化的符号，印着身体的渴望。哦，不，是关于食物的渴望。渴望从心而起，正如青春年少的期待。

3

那一刻，他想试一试。那一刻，他也想勉强。勉强于自己原本不可能的想法，勉强于自我原本不自信的心。忐忑不安，七上八下，犹豫不决，都是彼时的状态。

一只鸡爪，塞进嘴巴。长长的爪子，超过一般的鸡爪子。她知道，只有这里的鸡爪才那么敬业，历经千挑万选，像模特一样，身材都是严格地接近。似甜带咸，润而不油，滑而不溜，在口中化成一朵云，让味蕾飘飘欲仙，过了片刻，心灵也飘飘欲仙。仙气游荡，逃离凡尘，通往九霄。

这样想着的时候，他从后面进来了。不知何故，她一个人自习的时候，偶尔会忘了关上教室后面的门。她以为夜不早了，不会有人打扰。就像夜不早了，鲜有人去当门店里去买鸡爪一样。

门不关有不关的好处，风能进来。他是一阵风，在夜浓时与她相遇。夜空的星光和窗外的私语是他和她的銮驾，低调而华丽。风来了，多年之后，她听到了一首歌：风一样的男子。歌词有这么几句：也许我是将风溶解在血中的男子，也许我是天生习惯自私，你用温柔和真挚，面对我在爱里放肆的样子……

　　多年之后的事，当时他们都没去想。自然落座，看似轻松之中有自我难以逃脱的紧张。呼吸自己听得见。也许他有，她也有。眼神对望，是期待，也是难逃的选择题。那个选项，最开始是关于一只鸡爪，两只鸡爪。他和她，无话可说时，吃着，嚼着，继而收拾着，就好了。

　　人渐稀，走廊上的回音越来越薄。晚风带来一丝凉意，这是一个秋天。秋天关乎惬意，也关乎心事。她在看书时，心是静的。但是勇往直前的她，对自己有着近乎苛刻的追求。不仅是将知识融会贯通，更想要一个卓然。类似于鹤立鸡群，类似于一览众山小。只是她不说，也能保持这份低调。而袋子里的鸡爪，只是无聊时的陪伴。哪个少女不爱吃，哪个夜晚嘴不馋。在浑然天成的气质之外，总有不被人知的可爱。

　　那一晚，他有幸看到了这种可爱。面容姣好的女孩子总能从不同的角度感知，有时候是一个侧面，有时候是一个远远的背影，有时候是一阵风吹来秀发带来的芳香，如田野味的香水，让闻到的人心一上一下的，如同中了蛊毒，欲罢不能。

　　鸡爪快吃完的时候，他和她不约而同地站起身来。教室还是那间教室，每间教室没有本质的不同。相同的黑板，相同的桌凳，相同的点缀，不同的是来了又走的同学和老师。同学常见面的不多，不来的各有各的理由。那一晚，起身的理由是心照不宣。

　　他知道，时间差不多了。今天不应该聊得太多。她也知道，一个人从寝室出来到现在，时间也不短了。也许，这样的意犹未尽刚刚好。临别时，在一座桥的拐弯处，他和她挥了挥手。

　　她说，哦，对了，这里还有两个鸡爪，你拿去吧。我寝室里还有，省得带了，他说，认识你很高兴。月光稍稍又亮了一寸，月满天心，他和她的手机上都多了一个愿意长存的号码。

4

　　那时候，好像还没有微信。一些老牌的手机正受着恩宠，短信包月，电话卡一张张放在抽屉里，是男女通备款。那时候，话机也常占线。有人以为是打给自己的，去接了是遗憾一场。等到躺在床铺上，才想起那些百转千回，又恍惚过了一天。

　　人和人的味道也需要投缘。你可以喜欢一种食物，因为一个人。也可以不喜欢一种食物，但不说出来，因为一个人。只要你和她愿意在一个餐桌上，这也可以是一段浪漫的开始。

　　他是山里来的，她是海里来的。如同性别的代言人，山与海的相遇，总会激起浪花。又一道美食的飞花令，在他和她相遇的第七天。那天，她碰到了一个难题。她突然间想起跟他说，后来他才亲自从她的口中得到确认，那叫分享。分享多美好啊，预示了事物的美好。美好如"沉舟侧畔千帆过"，美好更如"病树前头万木春"。

　　她小心翼翼地说出了她的难题。他仔仔细细地听着。她继续说，他接着听。她觉得进退两难。他替她出了主意。

　　他成了她的男主角，尽管彼时是扮演的。她成了他的心上人，尽管还隔着距离。他和她往前走，太湖的风越吹越大，一转眼，就来到了冬天。萧瑟之冬，渴望之冬，蕴含温暖之冬。

他和她从最初的那只鸡爪，开始寻找异乡的记忆。或打卡一个地方，那个地方后来被别人称之为"网红打卡点"。或寻味一道美食，那道美食后来也上了"小红书"。或徜徉一段寻常不过的路，后来那些路成了善男信女对美好生活的憧憬。凡此种种，都经由城市的公交车或出租车，穿越烟火人间，让感情不断升温。

有一街，很多人都会经过。饿着肚子的，不想自己下厨的，单身汉子，校园里的学生，周边的百姓，都对它心生好感。那是一条街的最好年龄，有人说它像一个少妇，既懂得一些，也能矜持一些，最关键的还是善解人意，让你有自己的存在感。

那里的烟火味，定制了关于很多人的量身美食。一碗蛋炒饭，包心菜、大白菜、辣椒、葱花、火腿肠，锅里翻动片刻，快刀斩乱麻，烫烫的进嘴，生活的热情就被激发出来了。也有鸡肉，属于炸串的那一种。那天，睡不着。寝室里的她们看电影去了，她因为早在平板上看过，便无新鲜感，婉拒了。

5

月色清凉，思君如满月。她发信息：出去走走。他回：饿了吗？陪你去吃点。

她回：等我五分钟。

她是风风火火的女子，在美丽的外表下有立说立行的心。当然，就像所有的女孩子对时间都没有准确的概念，或是有意为之想考验对方，她下楼时，某个钟摆的指针已走了十个小点。不过没关系，出发的热烈丝毫不受影响。青葱岁月里的姐妹，年少风华里的光阴，都是不可多得的美好。

一辆辆推车，安如磐石，吸引着前来的胃。蠢蠢欲动的，自我加压的，不破楼兰终不还的，一见如故的，欲罢不能的，都统统败下阵来。油炸火烤，鸡肉有了另一种味道。它不再臣服于当地鸡爪的大名，自己开始独立门户。在一条热闹的街，在一通经久不息的烟火中。生旦净末丑，一一登场。它们不是演员，它们是味道里的演员。传递着生活的热情，掩盖掉生活那些无聊的，苦楚的，寂寞的一段段、一截截，果断而勇敢。

她从腋下拿出一小袋，里面竟然是鸡爪。那么熟悉，那么惊喜。他一直在想，这个光景，城里的店关门了没。她像个魔术师，给了他最想要的。在他眼里，塑料袋子里的不是一只只鸡爪，而是如一颗心一样的鸡心，性感而不妖娆，印在他的喉咙以下的部位，熠熠发光。

他在心底涌出一首诗：滚烫的水，像忽然惊飞蝴蝶一样，复活了绿茶……

如果她愿意，自己就是那一叶叶绿茶，在每一个有她的夜满血复活，铿锵前行。

6

解馋的人很多。男女老少皆有。一方小桌，三五小聚，月色伴着灯光，一切都是最好的模样。

他和她说，真想就这样到天亮。

她说，明天我还得考试呢。

那你还出来？

出来放松一下啊。

该不会是想我了吧？

别自作多情了。

好吧好吧，好像我是有想念一个人。后来，趁着手中握着的一罐啤酒，他狂饮几口，说出了她的名字，指念的对象。

一朵红晕升起，染红了心中那片微微荡开的天空。

他走着，她也走着。一路上，也有很多校友走着，往东北方学校的方向。路灯随着步伐黯淡了下来，手中的塑料袋装着彼此的最爱，一摇一晃，像荡秋千，像少女的心，煞是可爱。

可爱，不是可怜没人爱。是可以值得好好去爱。他这样想着的时候，已经穿过了学校的门口把守的门。门卫是一位五十来岁的大叔，憨厚纯朴，见惯了晚归的学生，总是第一时间按动手上的遥控器，让牛郎织女归巢。

在有一次即将转角的时候，他像触了电一样被惊醒，快步凑在她的面前，抓起她的手，跟她说，改天带我去店里吃鸡爪。

她一时没有反应过来，只觉得掌心一热，有电流传递开来。心里却想着：惊喜总在黑夜，温情不过携手。

他没有听到她肚子里说的话，只想着有一个明天快点到来。在热闹的街头寻一份安静，叫一碗馄饨，来几个包子，上几只鸡爪，牌子一定要是"周生记"的，边吃边聊，像从前的车马，从前的锦书，从云中来，款款飘落人间，化作相思泪，化作一颗颗红豆，甜甜的，久久的。

那一晚，他做了个梦。梦里，他的碎碎念被她安静地听着。在老家的土灶旁，父亲捧来刚劈好的柴火。母亲在院子外哈哈笑着，说着屋里头的她，全世界都感觉到她的骄傲，像嫁了个十全十美的老公。奶奶精神矍铄，白发上抖动着晨曦，嘴角抽动着。如果一定要加上旁白，他一定可以加上：等了好久终于等到今天……

没有传出来的声音，在心里。鸡肉在锅里煮着，大锅里有小锅，盖子合上，其间架着一双筷子，观察着内里的乾坤。

他坐在小板凳上，对着满腔灶膛里的火，脸被映得通红。窗外飘起了雪花，星星点点。他等着一截一截的火星落下，装进另一个天地，传递另一份温暖。

他穿着长马褂，她凤冠霞帔，十指紧扣的路上，十里红装，道道鸡汤，香味四起，如在天堂。身后"吉祥如意"不绝于耳，脚下的土地抽出寸寸新芽……

此心夜未央

1

很多人初看我的名字，会想当然地认为我是女儿身。想当然的事情有很多，那是我们的认知偏差。一如码字，并非想当然那么简单。文学是寂寞的产物，让我不得不努力接近寂寞，享受寂寞。

在别人看不见的地方，其实我也有一颗尚武的心，崇文只是给大多数人的固有印象，并非完整的我。已经过了什么都想往外说的年龄，很多东西不想说，也不屑于说。只想着，有朝一日化为文字，被记下来，就是对过往的最佳拥抱了。往昔的行走，像行者循着那些武功而去，循着那些文字里的江湖而去，掌上有风，脚下生烟。落在名词解释上，难免会对名字详加解释一番。毕竟，不想让别人觉得是细腻的。细腻不是男人最该有的特质，文学只是一种需要。就像出席某种场合，你总得庄重一点，系上领带，戴上手表，如果头晚没睡好，最好再涂抹点素颜霜，如是而已。

我曾笑言，写文字没法不细腻，细腻少不了微想象。没有细腻的文字，是不温柔的男人，光凭着一份蛮力，不能长久打动女人的心。宏观背景下对微观的描写，是对文字的尊重，也是文学路上的升级之路。活了三十几年，从记事开始，我都会在不同的场合向芸芸众生作解释。解释主要是想说明，我的名字是爷爷给取的。爷爷当过兵，打过仗，是从死人堆里爬出来的。正是因为他的不怕死，才有了我们如今有美好生活的一些底料。这对别人来说，不一定有印象。但对家族的人来说，是存念于心的。在我眼里，他是我崇拜的英雄。名字他取，也是因为他在家族中的分量，刚正率直，说一不二。我与堂哥堂姐名字的最后一个字组成了"东方红"。红色，是他的一颗心，后来成了我的一颗心。

对于文字，我想我也有一颗红心。红心，在这里代表的是热情，代表的是骨子里的喜欢，代表的是快意中的柔情。骨子里的喜欢，我知道已经很不容易了，这是自我的评价。至于爱，现在说还为时过早。因为，爱需要能力；而喜欢，是一种内心最真实的状态。爱，过程中难免起起伏伏。而喜欢，则可以一直持续下去。我知道，这样的人有很多。他们或她们都会有被一句话感动的时刻，那样的时刻有如天启，脑袋里嗡的一下，心就软了，暖了。有时候，你不需要什么理由，也不需要什么回馈，只要你喜欢你喜欢的喜欢，这样的美好就会一直持续下去，哪怕中间会有停顿，但整体是连贯的。

美好，是一种感觉。可以和常人眼里的世俗无关。不会忘记少时，爷爷拿着报纸，戴着老花镜，对着坐在藤椅上的奶奶讲述报纸上的新鲜事。如果相濡以沫有一种文雅的姿势，我想那样的画面无疑可以作为代言。这样的传递，虽然没有在父母身上体现，但自我的感悟却催生了对文字的向往，以及字里行间透露出的世界的大不同。

2

万物皆可爱。可对于每一个体而言，我们能看到的万物，实则是夸大了的虚词。吾生也有涯，而知也无涯。我们的时间有限，精力有限，参与的、见证的也有限。这就决定了我们的视野，而文字提供了另一种可能，让未知的更可感知，让已知的有新的认知。

他们说，书中自有颜如玉；她们说，书中自有千钟粟。我想表达的，或许千百年来爱书的人，惜时的人，沉浸于文字的人都已经表达过了，那就是：书中可以遇见自己，让自己成为自己。大体是这意思。

这么多年来，我也曾后悔过自己所读的书还是太少。上大学时，在图书馆里看到那些饥渴的眼神，以及旁若无人的虔诚，总觉得自己来得晚了一些，但幸好还是来了。来了就好，我在某年某月的某一天，跟自己握了握手，喃喃自语：如果可以，多读点书，多看点书。如果还可以，多旅行。尽管那些年，我发了疯似的走了很多的地方，但于广阔的中华大地而言，好的风景永远在下一站，好的风景也会因庸于日常而深居简出，留在心中。

读书也是这样，是不好意思说出口的人生两大追求之一。它是一个名词，也是一个动词。名词的解释是，它可以是学历上的提升和再学习，动词的解释是不断阅读的状态。我是这样想的，也努力这样做。从完成的效果来说，后者勉强做得更多一些。特别是过了而立之年后，这样的感觉更强烈一些。在周遭的世界，我佩服那些腹有诗书的人，因为他们的气场经得起推敲，人也会更有趣一些，眼睛里有内容，语言里有智慧，举止间是轻轻拨动你的心弦，余音绕梁，久久不去。

因为懂得，所以慈悲；因为懂得，所以包容；因为懂得，所以不需要太多的解释。

3

没有人真正能懂得一个人。说到底，因为，我们对自我的了解也是粗浅的，况且还伴随着个人心境、际遇的变迁。文字里的世界，也是一样。每个人看的角度不同，因此文字有了百种味、千种情、万种意。不被影响的人，不被影响的境界，或许连圣人也难以时刻保持。但我们得努力接近，就像努力接近阳光，享受天空之下的真实。

此刻，窗外灯火阑珊。每个人都有不同的状态。而我拒绝了一些状态，固执地坚持着自己的状态，并努力呈现不一样的状态。这样的状态，被文字包围，也被文字拥抱。它仿佛在解疑释惑，告诉别人，我低头思索的样子，我吃一顿饭所花的时间，以及我话不多事不拖人不作的理由。说到底，是不屑。时间如此湍急，转转折折，棋开棋合，所有的点点滴滴，无非是过路人的风景。

　　我看着那些文字，不止一次地心潮澎湃。澎湃的原因很简单，那就是看似平淡无奇的文字，在他们的笔下，真的能生出花来。而当我看的花多了，整个人也变得摇曳起来，为此，我遵从自我的初心，为自己取了个笔名：婀娜红。

　　婀娜，是对文字的期待。不死板，不太刻意，不格式化。它有一副好身材，好身材才叫婀娜。我不想它有肥肉，尽管或许有一些肥肉，但至少在努力减肥，呈现一些有质感的、有撞击的东西。这样的过程是艰难的，也是痛苦的。回想十二年左右的写字光阴，这是比较纯粹的时光。每天的时间不算多，但像十二生肖的轮回，至少也构成了六十甲子的百分之二十。这里面，有潜龙勿用的自知，有亢龙有悔的自警，也有瞬间飞龙在天的飘忽，在这些情感的交织中，我走着自己的路，无我和有我轮番上演，用一种执着和灵感，看着，记着，写着，梦游着，即是逍遥游，也是假装逍遥游。

　　我知道自己不是一个努力的人，顶多算一只"懒蚂蚁"。我喜欢跟着感觉来写，有时候空着是为了到来的惊喜，有时候阅读是为了更好地思考。我把文字绑在身上，像翻着武林秘笈，思想却进入了洞天佛地，以求万籁俱寂，灵感源源不断地发生。好在所经历的种种，给了我不一样的视角看世界。我坚定信心，认为在所见所闻的世界里，这样的认知越过了一些人，也让出发变成了可能。让文字或多或少有了可以再去翻一翻看一看的可能，被你捞起，在似水流年里，有一种淡淡的诗意，吞咽喜欢的五脏六腑。

4

　　我的出发像旅行，没有太多的准备。喜欢一个人看风景，这样看到的风景会更单纯，也更深邃。

　　旅行的最佳状态是漫无目的，写作的状态也最好顺其自然。功夫在诗外。这些年，回过头去看自己爬过的格子，一些自我满意的文章多半来源于一瞬间的想法，这应该称之为灵感。它从灵魂深处乘风而来，你握不住挡不住，它喷涌而出，自信满满。来无影，去无踪，瞬息万变，光怪陆离。

　　在提问和答问之间，我知道这样的状态让我慢慢地坚持了下来。欣喜于简单的"豆腐干"，习惯于看一本书，喝一杯茶，静一颗心。

　　我知道，在这个世界上，很多人比我更虔诚、更执着、更用心。我所能做的，只是让自己在短暂的人生旅途中，留下一些感动的，难忘的，抹不去的，深入骨髓的东西，这种东西，大家最好都能感受到它的伟大、神奇和宽广。不用着急于时间，慢慢感受就好。

　　它就像庄子笔下的那条鱼，那条名为鲲的鱼。带着你扶摇直上九万里，潇潇洒洒遨游，自由自在飘荡。

5

　　心要让你看见，爱要自己感知。文字是一种表达，如果刚好遇见你，也是值得记上一笔的幸福。幸福，来自自我的感受。每个人，都是当事人。有且只有一个当事人。

我格外珍惜夜深人静的时光。随着年龄的增长及需要面对的事物的交错性，越发觉得时间之宝贵。对食物，也是一样。不期而遇的美食，为你而来的美食，睹面相逢的美食，心想事成的美食，都是宝贝。

是宝贝，就得藏起来。给人家看了以后，再藏起来也无妨。因为，宝贝是美物，美物必须分享，而后续的收藏全凭个人决定。如果有一天，你不觉得它可贵了，也可以理解。

文字，是路上的风景，点点滴滴，雨打风吹，更起故园情。《红尘味道》的写作，占据了我大多数的夜深人静。只有夜深人静，才有思绪万千；也只有夜深人静，那些过往会来找我，热情而腼腆，自信又矜持。

有时候，在听；有时候，在发呆；有时候，放下笔，在屋子里来来回回；有时候，站也不是坐也不是；有时候，翻看随身携带的记事本，看到关于过往的零零碎碎，它们自由组合，它们热烈拥抱，它们自告奋勇，它们告诉我关于它们的故事，它们帮助我回忆起当时的片段，让我惊奇，沉思，亢奋，奋笔疾书，如鱼得水。

书里的世界，沿着一个叫开化的县城周游、梦游、神游。落笔时我沿着美食的方向，沿着传承的方向，沿着符号的方向，随心而走，把美食与它的故乡联结，把美食与它的爱人联结，把美食与它骨子里的气质联结，这样一来，阅读的人们或许能看到旧友，忆起旧情，吹到旧风。往事隔着山海，如一场梦，让食物成了一道道玄之又玄的符，引人化解，甘之如饴。

又一个夜未央，此刻是生如夏花之感，愿你遇见这些文字的时候，如一道道菜，暖意入心，微澜起伏，定格成温柔的琥珀，安然入梦。

有味更开化

试图以一种纯粹的颜色来描述与家乡的情结。这种颜色，如食物的颜色，我希望是橙黄的。尽管这种情结是片段式的。纯粹的自我感觉是，能较为集中或一脉相承地展现自我轨迹与家乡的交集。

我们和世界的交集有很多，但不是所有的交集都会被记下，被记录。我的家乡在开化，在出生之前，相信已有很多人来过，看过，感悟过，描写过，记录过，传接过。这是他们与开化的因缘。好的因缘是千里一线牵，也是回眸一笑生。而我与开化的因缘，却似乎更深切一点儿。这样的深切，来自生于斯长于斯，周遭的人与物填充了大脑的大部分内存。这样的深切，也来自作为这方大地上的一粒种子，随着年龄的增长，想表达的，在思考的，存遗憾的，有期待的，相互交织，如蛇缠绕，久久不去。这样的意念，随着这十多年的经历变得有了零零散散的记录，特别是近两年更有了呼之欲出的迫切。

开化是个好地方。毋庸置疑。莫言说，开化人居神仙境。这样的神仙境，每一个遇见这些文字的人，我希望你们自己走进来，去真真切切、慢慢腾腾地感受。因为，开化适合慢，慢下来才能品出每个人或许迷惘的瞬间，继而意气风发地继续赶路。的的确确，这里的山和水，星和云，日和月，光和影，赋予这里每一个人有隐逸江南雅士的气质。他们看似平常，却在自我的天地里逍遥游。文字是我"心游"的方式，回头看自己走过的路，看过的那些风景，更有了想用手下的文字表达家乡的美，家乡的淳朴，家乡的自然，以及和我有关的那些情、那些意、那些印、那些记的欲望。我觉得，如果不记录下来，似乎对不起这方宁静赐予我的力量，用平常抵抗庸常，继而传递文字之外的更多东西。我坚信，这些表面的和内在的，总有人会看见，总有人会看穿，也总有人会默默掩卷，陷入或长或短的思考，这是我开始写的初衷。

食物是一个人心中的故乡。从小到大，能想起来的美事大多都经由食物这个月老。月老他看得见，也听得见，更能感知到。很多年前的夏天的午后，我下河摸青蛳，跟过家人，也跟过儿时的玩伴，沿溪而上，是三五成群，乐此不疲的乡民，他们那么淳朴，笑声穿越了二三十年，让我恍惚忘记自己已近中年；豆腐干，母亲的最爱，那叫卖声宣告了一天的开启，唇齿之间的依恋和随切随尝充当零食的快感，多半只可意会不可言传，像口袋书，也像青春的回忆。还有"三层楼"、清水鱼、炊粉、汤瓶鸡、南华山珍煲、白腊肉、生炒肉、"长者虾"，这些都是至上的美味，它带有地标性，被称为"开化十大碗"。当过记者及从事多年宣传文化工作的经历，让我对食物的感情比所在城市的一些"别人"稍微丰富一些，也更细腻一些。同时，向外的游历勾起了对内的思索，我在食物里收藏过往，在一顿饭里感受人世间的情，也在举手投足间窥探人性的深邃和怅然若失。

　　这本书里，我分成八个章节，即八卷。每个章节以数字对应想要表达的内容。第一章节如上所述，包含了十道菜，不得不吃的开化菜。这些菜，我和它们都有故事，都走进过可以代表它们的真身之地，有对文化的挖掘和阐释，也有对风俗的留念和遐思，更有对食物折射的宽广外延的期待和向往，此为第一卷，取名《十里春风》，对应的是"开化十大碗"。第二卷围绕的是"小吃"，取名《九天揽月》，意为吃了之后飘飘欲上九天，有揽月之心。中国的小吃不小，里面有大文章。有时候，我对小吃的深情会超过一道菜，因为它更亲切，没有违和感，不拘束，适合分享，也适合独享，见证的是凡夫俗子、平头百姓的不常见的瞬间。它们的主人自带光环，在城市里追逐梦想，在巷陌里抚慰凡人心，动静之间让人肃然起敬。在这些文字里，我游走时的心境是以一个旁观者，或者说一个旅人，边吃边看，看老乡，看老娘，看我的老奶奶，看似曾相识的老校友，看挥汗如雨的老邻居，还有看自己在食物面前的样子，它们简单却又让我的那些小心情小思绪小落寞此起彼伏，如影随形，挥之不去。然而，我相信这些美食，或许对陌生的你会有似曾相识，却是非比往常的，定然会有一见喜，愿常有。第三卷的主题是"儿时的美食天空"，是故取名《七星台》，这些食物如北斗七星，熠熠生辉，照亮旧时光，点亮新当下。拌饭，生姜，腌辣椒，酸荠头，猪头肉，干菜六月豆，桐村鹅肝，没有明显的地域性，却是普开化大地农人智慧的结晶，它们老少皆宜，人人垂涎，欲罢不能。我与它们是往昔的深情，但也期待能飞入每一家餐馆，进入每一餐宴席，与音乐，与可以挖掘的仪式感一起，让开化的小菜一碟成为舌尖上的永恒回味，成为"钱江源味道"的奇门遁甲。第四卷是《五花马》，那一天我脑海里突然蹦出"五花马，千金裘，呼儿将出换美酒"这样的句子来，接着对应写作的框架，发现对开化的某些乡镇的地标美食似乎可以对应这样的标题。就像一顶帽子，戴上去会更适合他和她。音坑萝卜对应的是音坑乡，我在那里工作过两年多，"音坑萝卜不用油"，我对那里的人们常常怀念。晚风吹拂，暮色四合，一顿萝卜宴，此生都难忘。乌米饭，对应的是中村乡。养心中村，乌米传情。我想，畲族风情一如张道洽的梅花诗，暗香浮动，经久不息。腊猪蹄是小时候的最爱，可是长大后，最好吃的腊猪蹄在异乡，在外婆家。瘦小的身躯对美食的虔诚，一如对生活的孜孜不倦，令人陷入沉思，也一度让我汗颜。白苦瓜，对应村头镇。那里被誉为"老家村头"。老家是每一个人心头的炊烟、小桥、流水及蓝天白云。苦瓜我本能上是拒绝的，但彼时与友人的聚会，让我对挫折有了新的理解，我知道每个人都有自己难念的经，都在度自己的劫，也在找自己的光，如是而已。米羹属于"舶来品"，交界三边的开化，在食物上是开放包容的。移民的淳安人带来了淳朴，也带来了技艺的传承。米羹的味道，沿着我对文化的记忆，在乡间发酵，夹杂着若隐若现的情愫。我用"梦游体"想起了前尘往事，力图用模糊却又曼妙的文字给读者以想象，以抵达犹抱琵琶半遮面，抵达横看成岭侧成峰，不想说清楚，也似乎说不清楚，但米羹的美味似乎总是可以追寻的。第五卷是四时的美食，含春夏秋冬，它们让你在平凡的岁月里惊喜连连。有孩提时代的挖笋记忆，有长大后清水龙虾的小欢喜，也有酸辣汤的百吃不厌，还有豆腐乳的香味扑鼻，文字所及，笔尖涌动，气象万千。第六卷关于亲情与美食的联合体，思来想去，选了三个人，父亲、母亲、丈母娘，落笔时努力想跳出常规的情绪，力求让文字快意一些，还原记忆中的场面。取名《三生缘》，是因为关于养育之情、关于亲人间的将说未说已没有了下辈子一说。父亲的包子，是我的心头好，陪伴了我几十年，虽然吃的次数断断续续，或许没做到年年有（有几年在外求学），或许如今也不想让父亲常做包子。包子的香味住进心房，住进记忆，已然成为顽固的"情绪基因"，滋养着我对于"孝"的定义和时间之外的心上帖。丈母娘的红烧肉，关于居家、关于带娃、关于中国传统女性沉默却无悔付出的每一个日常。中国人不擅表达的情感与食物的跳跃生动形成反差，如黑白棋子，刻画着生命的宽度和广度，也低吟着光阴的流逝和无奈。还有一篇是关于母亲的，糯米饭。好味道离不开好食材，对于糯米饭，我至今仍然会在开春之际，到田埂上转转，到山坡底绕绕，寻找童年抹不去的那一株株"追魂草"，实际上的野葱。野葱和腊肉，糯米就土灶，是糯米饭的风味原产地，是我认为的母亲最拿手的一道美食，尽管这些年吃得少，可写下这些文字的时候，仿佛口水都飘在了键盘上。第七卷接近尾声，只有两篇文章，取名《两生花》。但篇幅不小，类似美食外传，实则也是美食的"内功"，算是写作以来关于美食和情感的最长一篇文章，写法虚虚实实，但酱爆螺蛳的美味确是真实的。在开化，小时候吃螺蛳也多，后来才吃"青蛳"，它也是螺蛳的一种。酱爆螺蛳穿越我尚且青春的记忆，也是一种珍藏，那是我放不下的"至尊宝"。第八卷，是最后一卷。取名《一念起》，随着时间的推移，总有难忘的美食让他乡成为故乡，并且贴上了自己的标签。我想，人生苦短，每一道美食都带着个人的印记，若是印记被留下，也是一枚枚珍贵的书签。当你多年以后，偶然想起，欣然打开，便又是一道不用烹饪却沁人心脾的人间美味。

这两年，我越发相信缘分这件事。我知道，人生中的每个选择都会让每一个个体走向略不同的前方。这样的前方，自己的感触会深一些，旁人多半后知后觉，或是无所谓知觉。我用了一年零九个月的时间，追着食物的方向，挤出日常，在夜深人静之时努力抵达无常，抽取近三十个周末的光阴卡片，踏着泥土，带着情感，或一个人，或两三人，或用路上凑上的人，记忆里搜寻出来的人，感情上绵延不绝的人，走进食物，走进熟悉，走进陌生，走进孤独，走进亢奋，走进恋恋不舍，走进意犹未尽，又走进就此搁笔。

就像世界上没有不散的宴席，关于美食，也有它的终结篇。我觉得，我对家乡美食所要说的话都在这本书里了，这是一次梳理，也是一次守正创新的回眸。至于以后，若有新的感悟，或许更多的是单恋一枝花，并不想处处留情了。用新的视角、新的表达，或许未尝不可。当然，这基于故乡的食物看得上我，而我对它有新的认知的基础上。这是后话。还是再回首，说说这本书名，《红尘味道》主要是因为名字中带个红，中国红的红，红火的红，热情的红，红太阳的红，我希望我的文字表达的故乡情结，美食恋曲能诠释个人的味道，个人的气质，一如见字如面的意境，也能映衬三十几年前爷爷给我取名的初衷。在书中，我与本我相见，我与本我分离，试图以多角度诠释对于食物的情感，一如欲呈现不同的个体特征，避免格式化，展现生动性。

我也希望，开化这方宝地从美食出发，让更多的人走进来，留得下，带得走。美食的号令一发，江湖食客纷至沓来，而这本书里的文字是一个响指，听到的人回过头来，看一眼，翻一眼，心一动，身就动了，缘就结了。

子时将近，小城寂静。我在钱江源头，坐在小椅子上，灯火可亲，一人敲字，逍遥神游。将近三年前的秋天，著名作家陆春祥先生赠《袖中锦》与我，今夜翻来，仍心潮澎湃。大师低调谦和，为此书作序，途中把脉提点，感激在心，可谓是相见有缘，情意满满。也感谢友兄孙红旗、周华诚、仲军民等对文学上的督勉，让我挤时间尽力写，不舍昼夜，在俗尘里拾一份闲心。此外，还有一些要感谢的友人，吾自当放在心上。前路漫漫，日后再提，有缘再见。

文学是自我的修炼，也是心灵的旅行。感谢十方因缘，愿我们在文字里相遇相知，永远活在理想中央。

癸卯大暑
于钱江源